醉美诗书

美得令人心醉的汉代诗

西楼月 ◎ 著

图书在版编目（CIP）数据

醉美诗书．美得令人心醉的汉代诗赋/西楼月著．—北京：石油工业出版社，2023.6
ISBN 978-7-5183-5895-3

Ⅰ．①醉… Ⅱ．①西… Ⅲ．①古典诗歌—诗歌欣赏—中国—汉代 Ⅳ．① I207.2

中国国家版本馆 CIP 数据核字（2023）第 030305 号

醉美诗书：美得令人心醉的汉代诗赋
西楼月 著

出版发行：石油工业出版社
（北京市朝阳区安华里二区 1 号楼　100011）
网　　址：www.petropub.com
编　辑　部：（010）64523689
图书营销中心：（010）64523633
经　　销：全国新华书店
印　　刷：三河市祥达印刷包装有限公司

2023 年 6 月第 1 版　　2023 年 6 月第 1 次印刷
710 毫米 ×1000 毫米　开本：1/16　印张：12
字数：130 千字

定价：39.80 元
（如发现印装质量问题，我社图书营销中心负责调换）
版权所有，侵权必究

序

读一段苍茫往事

大风起兮云飞扬。从丰邑中阳里走出一介布衣刘邦,叱咤风云,夺得了天下,改革了弊政。一幅大汉王朝的历史画卷就此展开,华丽明媚,熠熠生辉。

时光掠过高楼小筑,后宫深巷,金戈铁马,那些灿若星辰的人物,从这幅画卷中相继而来。

霍去病率领部下击溃匈奴大军,所向披靡,屡立战功,弱冠封侯,却年纪轻轻得病不治身亡。

张衡用十年写成《二京赋》,洋洋洒洒数千华美之词,赞叹汉室辉煌,却终看破官场,归隐山林。

司马迁忠君爱国,却遭惊天大难;司马相如一腔报国热血,却被当成歌功颂德的工具;东方朔欲在夹缝中求生,终落得黯然离去的下场。

英雄的离去总让人扼腕,美人的命运亦让人叹息。

一曲《白头吟》，承载了卓文君的执着坚韧。在《凤求凰》那一幕完美的爱情剧落幕后，生死不离的承诺，却唤不回良人渐行渐远的心。白首相偕，难道只能是可望而不可即的奢求？终究心有不甘，索性放手一搏，闻君有两意，故来相决绝。

一篇《长门赋》，锁住了陈阿娇的幽怨自伤。烟花易冷，恩宠难再。帝王之爱薄如蝉翼，到头来不过是一场镜花水月。以色事君，色衰而爱弛，终究一梦成空。

一阕《五更哀怨曲》，唱出了王昭君的抑郁凄凉。客隅漠北，定是歌弦无琵琶，入耳满胡笳。终究身在异乡为异客，仲秋望月梦宫榭。她至死不会忘记汉宫的那间闺阁，去路遥远，唯独不忍去望中原的方向。一去紫台连朔漠，独留青冢向黄昏。

一段《怨歌行》，蕴蓄了班婕妤的无边寂寞。她空有满腹才情，却勘不破世道人心的无常。九重宫阙，爱断神伤。人生若只如初见，是否还会选择相爱？或者爱本就是劫数，无论如何终是在劫难逃。

过往的浮云，消逝的容姿，如影随风，飘然而来，飘然而去。世仍沧海，心已桑田。

黄沙弥漫，湮没了车水马龙的繁华过往，转眼便到了动荡的年月。末世的仓皇，是生命里躲不开的郁结。人们滤去所有浮华和沉重，以最素朴的句子来诉说最深的哀伤。

行行重行行，与君生别离。相去万余里，各在天一涯。乱世里，离别是最寻常的事，往往一别，再难相见。

纵然看惯离别,也没见过如此强烈的离愁。原该相守,却各居天涯,没有辜负彼此,却辜负了大好年华。古诗里的那些女子,心心念念的无非一句话,一封信,一个人。谁知道哪一天才能见到,谁知道这一生还能不能见到。

然而,乱世生离中,还有一个人在笃定地盼着自己回去,也该是一种奢侈的温暖吧。于是,所有的设想都弥漫着无奈与忧伤,却充满了情意和芬芳。

乱世里的人,什么都想抓住,什么都不再贪求长远。

所以,才见得"思君令人老,岁月忽已晚"是多么婉转忧伤的句子,仿佛世间的思念都已为你历尽,世上的苦楚都已为你尝遍。

所以,一句"同心而离居,忧伤以终老"才显得那样凄惶无助。所有温柔辗转的埋伏,只为让人于静寂中聆听更多的声音。

人生如寄,生死存亡。荒烟蔓草,几轮烟月。繁华变作荒芜,沧海化作桑田。那些老去的往事,终究成了故事。

芳芷汀兰,白露渐起,沐风而歌。河边香草留下了余味,在河畔,在亭阁,忧伤的月,照人依旧。丹朱的色彩没有变,瓦当的花纹也还是老样子。木叶萧疏,山水岑寂,历历在目,没有繁花,没有浓荫,一切都清清朗朗于天地之间。

乱世退到很远,只有一个女子,婉转忧伤的心事,或隐或现。

一段苍凉戛然而止,置于心中,黯然神伤。

目录

卷一 一往情深不堪忘

死生契阔,与子成说……002
入骨相思,百转千回……007
今生诀别,来世相约……012

卷二 百般相思亦枉然

胡笳悲音,终觅夙缘……020
倾国倾城,佳人难再……026
远嫁胡地,燕支长寒……031
自退冷宫,苦心终负……037

卷三　红尘妖娆繁花乱

美人如花，蕙心纨质 · · · · · · · · · · · · · · · · 044
春心萌动，欲真即美 · · · · · · · · · · · · · · · · 050
新人一笑，旧影谁怜 · · · · · · · · · · · · · · · · 055
悠悠汉都，万里芳菲 · · · · · · · · · · · · · · · · 060

卷四　求仙饮酒乐逍遥

君王寻仙，少壮几时 · · · · · · · · · · · · · · · · 066
仙山乐土，镜花水月 · · · · · · · · · · · · · · · · 071
诗酒风流，醉赋华章 · · · · · · · · · · · · · · · · 076
人生苦短，须得尽欢 · · · · · · · · · · · · · · · · 081

卷五　未央往事且随风

风起云飞，双雄逐鹿 · · · · · · · · · · · · · · · · 088
一统天下，重建朝纲 · · · · · · · · · · · · · · · · 092
巨丽上林，天子气焰 · · · · · · · · · · · · · · · · 097

卷六　悲欢功过谁人道

东观续史，赋颂并娴……………104
士不遇时，登临洒泪……………110
才高八斗，不得自由……………115
惜哉文帝，位尊减才……………120

卷七　宦海浮沉终归去

木秀于林，风必摧之……………128
依隐玩世，诡时不逢……………135
发愤著书，立世为人……………140
跌宕不羁，明哲保身……………146
看破官场，归隐山林……………150

卷八　兴亡一梦终成空

烽烟处处，哀号遍地……………158
尺素寸心，远行思归……………163
国色古都，兴衰有时……………168
王朝暮日，悲歌几重……………173
乱世浩劫，山河破碎……………177

卷一　一往情深不堪忘

情爱的妙处在于不可预见、无法控制。人们永远都无法知道，会在什么时刻，爱上什么样的人，但是一旦爱了，便是千山万水，也无法阻隔那眉宇间的秋波。

死生契阔,与子成说

　　华夏五千年,最朴素的是历史,最美丽的是情诗。那底蕴深厚,那情丝绵长。《诗经》中的恋情纯净美好:"南有乔木,不可休思;汉有游女,不可求思。汉之广矣,不可泳思;江之永矣,不可方思……"

　　数百年后在汉朝乐府的案前,也放着一首如《诗经》般美好的小诗。其语浅近易懂,其思别出机杼,其情深若瀚海。那倾倒不完的热烈情意,可以融化最冷硬的心。

　　上邪!我欲与君相知,长命无绝衰。山无陵,江水为竭,冬雷震震,夏雨雪,天地合,乃敢与君绝!

无名氏《上邪》

诗中的姑娘想必比较年轻，竟连用五个自然界中不可能发生的意象，热情大胆地表白自己的心意。初读时，觉此诗表露的情意竟如此大胆直白，比勾栏瓦肆间的情话更令人面红耳赤。可就有这样一位烈性女子，她冒着被世人指点诟病之危，勇敢地倾诉了自己的一往情深。在《上邪》中，人们见到了撕心裂肺的爱情誓言。爱情成为一种信仰，一种至死不渝的忠诚。"死生契阔，与子成说"的勇气，并非人人都有。"我欲与君相知，长命无绝衰"的坚定，当能与之匹配。

记得那年荷花池畔，风絮飘零。纳兰容若白衫飘飘，缓步行来。正是夕阳西下断肠时分，清朝第一才子将残阳含在眼中，悠悠念道："人到情多情转薄，而今真个不多情。"爱情，是否只有从浓烈转为黯淡这一条出路？荷香已消，凭栏处，再无"一生一代一双人"。后世人独爱他哀叹"情深不寿"的辞章，独醉于他舔舐情伤的背影。爱情，难道果真是一道不可愈合的伤口？白首不离，是否只存在于遥不可及的梦中？

纳兰容若，那写出"人生若只如初见，何事秋风悲画扇"的彬彬少年，竟还没有千年前这小女子来得胆大。若说纳兰容若的爱情是柔软的悲剧，那《上邪》式的爱情，就是注定会涅槃重生的传奇。

《上邪》，这首遥远的古调还在耳畔缭绕，唱过了春华秋实，唱过了百岳千江。歌声中那丝丝入扣的浓情，变成了一种无形的力量，无时无刻不揉打着人们的心房。

相爱，从不是为了告别，但爱到最窝心时，却要面临分别。于是此时，爱人之间总要做出些承诺，或言"青青子衿，悠悠我心"，或言"在天愿作比翼鸟，在地愿为连理枝"。总之，是要

为那尚且没有结束，尚且不想结束的爱情做些什么。王维有言："红豆生南国，春来发几枝。愿君多采撷，此物最相思。"

　　凛凛岁云暮，蝼蛄夕鸣悲。凉风率已厉，游子寒无衣。锦衾遗洛浦，同袍与我违。独宿累长夜，梦想见容辉。良人惟古欢，枉驾惠前绥。愿得常巧笑，携手同车归。既来不须臾，又不处重闱。亮无晨风翼，焉能凌风飞？眄睐以适意，引领遥相睎。徒倚怀感伤，垂涕沾双扉。

　　　　　　　　　　　　　　无名氏《凛凛岁云暮》

　　同样的无作者，同样的情深似海。海誓山盟不久后，便要忍受新婚寂寞的少妇，倚窗思念远行的郎君。等待，悠长而寒冷。闺怨之苦，更是惆怅且寂寞。青青河畔草，绵绵思远道。她始终坚信自己嫁对了人，对那名曾有白首之约的男子，她依然抱有甜蜜的幻想。

　　岁暮寒，寒衣密密缝，家书墨阑珊。年关时节，远方的游子啊，你身居异乡是否有御寒的棉衣。婚后不久便分别，这是任谁也无法忍受的痛苦。孤枕难眠到天明，唯盼梦中得团圆。又梦良人罢远征，怎奈此愿古难全。梦醒之后，枕边的冰凉令人愈发绝望。冰冷渗入心扉，只恨不能化身飞鸟，穿越崇山峻岭去寻找爱人。只恨当初，怎么就那样坚信"两情若是久长时，又岂在朝朝暮暮"。

　　不就是如此吗？爱情初降临，是那样明艳动人。谁也未曾想过会有"人面不知何处去，桃花依旧笑春风"的一天。时间，是消磨爱情的毒药。当初的生死相许忽然就变得可笑与荒诞。当初

依偎在一起的姿势，也忽然变得尴尬异常。不敢再回头张望，怕从前重叠在一起的两个影子，会让自己觉得悲伤。牵手之时，心不再悸动；回忆往昔，谁也想不起当初的誓言和情浓时轻柔的吟唱：凤飞翱翔兮，四海求凰……

情人们总是在时间的陷阱里做困兽之斗。当生死相许如同风化的石头一样。分离，便会以摧枯拉朽之姿袭来。爱情的玄妙，在于最伟大的诗人也写不出它的精髓，最会营造气氛的作家也描述不出流转在恋人间的情愫。

白驹过隙，情浅缘深在天意，情深缘浅在人心。只要曾经爱过，那爱就会年年复年年地炙烤着，但也熨帖着我们的心。路漫漫其修远，爱情，会让能力变成动力。因为有爱情，我们勇敢，我们执着。

所以，当沧海桑田，物是人非，即使眼中的山再不是山，眼中的水再不是水，我们还是会大步向前。就像不会有始终无法愈合的伤口一样，不会有人永远纠结在过去的阴霾之中。长江水，浩浩汤汤，卷走的不只是英雄，还有爱人们的梦想。无数的人爱过了、失去了，然后站在岸边，撒一捧鲜花，无力地观望。

爱情的故事，永远不会结束。从古至今，或爱或恨或随波逐流，只在诸君谈笑间。

入骨相思,百转千回

是"玲珑骰子安红豆,入骨相思知不知"更加忧伤,还是"在天愿作比翼鸟,在地愿为连理枝"更为动人?悠悠千载,文人骚客绞尽脑汁想要给"爱"下个定义。爱情是司马相如吟唱《凤求凰》时卓文君眼中的神采?还是弃女逢着故夫时长跪相问的语气?佛曰:"恩爱犹若众鸟会栖于树,晨各离散,随其殃福。"

有所思,乃在大海南。何用问遗君?双珠玳瑁簪,用玉绍缭之。闻君有他心,拉杂摧烧之。摧烧之,当风扬其灰。从今以往,勿复相思!相思与君绝!鸡鸣狗吠,兄嫂当知之。妃呼豨!秋风肃肃晨风飔,东方须臾高知之。

无名氏《有所思》

"红豆生南国,春来发几枝。愿君多采撷,此物最相思。"每到七夕前后,成千上万的情侣便通过各种途径,将这首王维的红豆诗献给自己的爱人。《红豆》用词浅显,表意深浓,简单动人的话语,总是最能软化人心。少女的情思如红豆,情浓时恨不得倾心相许,这就是《有所思》。

《有所思》其诗与《上邪》一样载于汉乐府,是来自遥远北狄的战歌。周朝典籍有载,北狄,指的是分布在中原以北地区的少数民族。狄人的战歌热情奔放,风格多样。时光如梭,这首

歌的本意与作者都已亡佚，只有歌中带给人的热辣情愫，长留心间。

"闻君有他心，拉杂摧烧之。"《有所思》让我们领略了北方女子面对感情的专注，甚至执着。全心全意的付出，便定要得到一心一意的回报。姻缘是杆小秤，左边的爱与右边的情一定要相等。当变心的男人撤走了爱的重量，烈性女子也绝对不再留半分感情。

此诗被选入乐府民歌,自然具备民歌之朴素浅显的特点。它表达的情感是那般爱恨分明,世家子女从不曾见。就好像境界越高的人越是深藏不露,懂得越多的人越是不愿开口。被羞耻心牵绊着,被礼教束缚着,人们时常将自己追求爱欲、自由的本性遗忘在角落。这首情韵高昂、浅近古朴的小小诗歌,让人不由得想要随之起舞歌唱。

歌声迈着细碎轻快的脚步,带领我们走近一扇古老庄严的大门。轰隆作响,门开了,清风带着珍珠粉末飘了进来,我们好奇地、小心地探出了头。

温凉月光下,红衣飘扬的可爱女子,眼神执着地望着远方。那是她爱人离去的方向。为了那个不知归期的男子,她日日期盼,日日彷徨。

狄人之歌经常是直白的呐喊,体现轰轰烈烈的美,像武则天般霸道决绝,像吉卜赛女郎般热情奔放。中原文化却尚和尚礼。其爱情,讲的是莲步轻移,情丝朦胧。古来写爱、写表白爱情的诗,有谁能写得过《诗经》呢?

青青子衿,悠悠我心。纵我不往,子宁不嗣音?
青青子佩,悠悠我思。纵我不往,子宁不来?
挑兮达兮,在城阙兮。一日不见,如三月兮!

《诗经·郑风·子衿》

今日众人常见的"青青子衿"一词便源于此诗。曹操的《短歌行》亦曾以"青青子衿,悠悠我心"抒发渴望招揽贤才的情怀。此诗可谓人尽皆知。与《有所思》内容相仿,诗歌讲的是一

个女子思念远方的丈夫,感觉生活苦闷而漫长的故事。不同的是,诗歌所用意象不再是华丽张扬的"双珠玳瑁簪",而是两片衣领,一缕佩带。文字亦没有"当风扬灰"式的惊心动魄,更像是被少女含在嘴中,回环往复的低吟。

无论哪种歌颂爱情的诗,都是值得感动的。我们享受着爱情的甜蜜,那是"爱而不见,搔首踟蹰"的美好,是"溯游从之,宛在水中央"的迷人。可同时,我们也承担着分离的苦与涩,那是"风飒飒兮木萧萧,思公子兮徒离忧"的哀怨,是"不得于飞兮,使我沦亡"的悲伤。

年华流走人伤心,心若悲伤人易老,只怕灯火阑珊时,此情可待成追忆。不敢爱的,不能爱的,错过了爱的,便得相思。

思念不是爱情,它是一种渴望幸福的情怀,是萦绕枕畔的幽香,是柔软了天空的白色云彩。思念,是无声的古乐,无字的《诗经》。

秋风萧萧愁杀人,出亦愁,入亦愁。座中何人,谁不怀忧?令我白头。胡地多飙风,树木何修修!离家日趋远,衣带日趋缓。心思不能言,肠中车轮转。

无名氏《古歌》

《古歌》不写爱情,只谈相思。这位远游在外的游子思念故乡,语言质朴,乡情浓浓。眼含热泪的男儿,望着他深爱的故乡,衣带渐宽,却心甘情愿。《古歌》与《有所思》都寄托了浓浓的情意,都是美丽的故事,异曲同工的抒情诗歌。

《古歌》五十余言,满纸愁思,令人满目凄凉。那是与萧萧秋风一起飘荡不散的思念，好像簌簌飘落的枫叶，好像秋日天空满满的愁云。愁云入眼，才知那是无处可消除的游子之思。古来游子，谁能不相思？因思念而斑白了头发的人比比皆是，杜甫思乡，亦有"白头搔更短，浑欲不胜簪"之叹。《古歌》中的游子独立于塞外荒漠，倾耳只闻杜鹃声。愁思婉转入诗，竹简那么重，只因承载的不止是翰墨，还有刻骨的思念，百转千回。

爱时，若小鹿乱撞；恨时，若百爪挠心。有什么区别呢？都是在心上狠狠地画上一笔，却不若思念来得磨人、有趣。缱绻缠绵，循环往复，夜以继日地折磨着，那是生死茫茫的怨，无计消除的情。世间有爱、有恨、有思念，于是才被称作红尘。这浩浩红尘中，有公子情、佳人意，更有离愁恨、故园心。

今生诀别,来世相约

世上,是否真的有生死相随的爱情?几千年来,人们不断追寻真爱的足迹。直到某一日,在天涯的对面,人们见到了海角。在天涯与海角遥遥相望之处,人们发现了一对形神毕肖的鸳鸯石。石头上,用娟秀的篆字,娓娓讲述着这样一段往事……

"十三能织素,十四学裁衣。十五弹箜篌,十六诵诗书。十七为君妇,心中常苦悲。"这是一首与《木兰辞》并称"乐府双璧"的叙事诗,有着《诗经》的现实,《楚辞》的浪漫。

这是一个有关殉情的故事。那还是在汉末,一个兰花盛开,浓霜降至的时节。一对被双方高堂、手足拆散的夫妻被逼无奈,决定将时间永远定格在彼此的生命中。

庐江府管辖下的小镇上,有户刘姓人家。刘家的女儿刘兰芝生得美丽动人又心灵手巧。在建安年间,动荡不安的社会大背景下,人心思变。单纯的刘兰芝那颗渴望爱情的心慢慢萌芽,慢慢生长,像庭院深处静静盛开的兰花,待花意正浓时,唱出一首旋律悠扬的情诗。

刘兰芝是个个性坚强、性格独立的女子。《孔雀东南飞》第一段言其"心中常苦悲",说明面对这场不被婆婆看好的婚姻,她心中亦有反弹。时光荏苒,随着相处日久,这种反抗意识也在心中缓慢滋长,最终促使她对丈夫有了"君既为府吏,守节情不移,贱妾留空房,相见常日稀""非为织作迟,君家妇难为"之语。并非贱妾织工懈怠,而是焦家之妇确实不好当。

刘兰芝孤单一人嫁到夫家，与丈夫纵然相爱，却因丈夫有公差在身，无法朝夕相对。在焦家的日子里，更多的是与焦母相处。所谓"君家妇难为"的始作俑者，自然是焦母。单纯美丽，并不代表逆来顺受。刘兰芝，从不是个会委曲求全的人。

  然而，面对爱妻撒娇式的逼迫，刘兰芝的夫君焦仲卿，这个与妻子"相见常日稀"的男人，却选择对母亲的命令言听计从。君子者，侍君忠，侍母孝。焦仲卿是个不折不扣的君子。他深爱妻子，却也从来孝顺老母，每见母必"启禀"而言。即先要下跪请安，再开口说话。《礼记》有载："子甚宜其妻，父母不悦，出。"母亲毫无转圜的"休妻另娶"，是焦仲卿扛也扛不动的命令。母亲的绝情，令焦仲卿意外且心痛。然而懦弱的他除了苦苦哀求，竟不敢有半丝反抗。

  府吏得闻之，堂上启阿母："儿已薄禄相，幸复得此妇。结发同枕席，黄泉共为友。共事二三年，始尔未为久。女行无偏斜，何意致不厚？"

  阿母谓府吏："何乃太区区！此妇无礼节，举动自专由。吾意久怀忿，汝岂得自由！东家有贤女，自名秦罗敷。可怜体无比，阿母为汝求。便可速遣之，遣去慎莫留！"

  府吏长跪告："伏惟启阿母。今若遣此妇，终老不复取！"

  阿母得闻之，槌床便大怒："小子无所畏，何敢助妇语！吾已失恩义，会不相从许！"

            无名氏《孔雀东南飞》（节选）

　　焦仲卿在母亲面前始终是唯唯诺诺的，对这位不能称作是慈母，却生了他、养育了他的女人，他只能妥协。他只能选择与至爱之人分道扬镳。

　　一番"蒲苇纫如丝，磐石无转移"的海誓山盟后，刘兰芝被遣回了娘家。在后来发生的一系列变故中，孤单的她始终怀抱希望，希望焦仲卿能最终说服婆婆，迎她回家。只要能和焦仲卿在一起，忍受多少的屈辱她都愿意。然而刘兰芝，这名如兰花般纤尘不染的单纯姑娘，她从未多想一想，在那个父母之命具有至高无上决定权的岁月里，纤纤女流究竟有着怎样的地位？在日日夜夜的等待中，刘兰芝所忍受的已不仅是屈辱，还有遥遥无期的不安。

　　焦仲卿的母亲赢了，她用了一个母亲最不该用的手段，赢得了这场婆媳之争。接下来，她要为焦仲卿挑选一个符合她眼光的妻子。因为对于焦母来说，焦仲卿的想法，从来都不重要。

相较于焦仲卿"吾今且报府"的懦弱，刘兰芝对爱情的义无反顾，就显得尤为珍贵。"蒲苇纫如丝，磐石无转移"的誓言，千百年来一直在民众间争相传颂。从未有念弃君去，怎堪世情薄似纸；从未有心嫁他人，怎奈人情恶如斯；从未有意赴清池，怎知雨送黄昏花易落。

刘兰芝前后两次拒绝再嫁，可谓情深义重。然而这昙花一现的坚守，很快就被封建礼教下的"在家从父"的思想镇压。刘兰芝再倔强，毕竟是个女子，且是个被休离的女子。她守着自己爱情的誓言，家中兄长却只想将她再嫁个有权有势的人家。事实上，刘兰芝的兄长绝对不是有意去害她，他只是想为妹妹寻个更好的夫家。他不懂妹妹的坚持，不懂什么是"白首不相离"。

福无双至，祸不单行。娘家逼嫁的同时，刘兰芝还要承受焦仲卿的误会。许是命吧，在刘家人都以为她接受了现实，决定展开一段新的人生时，当再也没有人限制她自由的空当，二人又相遇了。天色沉沉，刘兰芝满腔愁苦地出门散步。她听到熟悉的马蹄声，快跑迎上前……

府吏闻此变，因求假暂归。未至二三里，摧藏马悲哀。新妇识马声，蹑履相逢迎。怅然遥相望，知是故人来。举手拍马鞍，嗟叹使心伤："自君别我后，人事不可量。果不如先愿，又非君所详。我有亲父母，逼迫兼弟兄。以我应他人，君还何所望！"

府吏谓新妇："贺卿得高迁！磐石方且厚，可以卒千年；蒲苇一时纫，便作旦夕间。卿当日胜贵，吾独向黄泉！"

新妇谓府吏："何意出此言！同是被逼迫，君尔妾亦然。黄泉下相见，勿违今日言！"执手分道去，各各还家门。生人作死别，恨恨那可论！念与世间辞，千万不复全。

无名氏《孔雀东南飞》（节选）

"孔雀东南飞，五里一徘徊。"今生之别，来世之约。刘兰芝决定妥协了，是她太爱焦仲卿，她选择不计代价地回到这个无法保护她，却真的疼爱她的男人身边。刘兰芝单纯，却又何其通透。在这段婚姻里，她是被抛弃的，可他又何尝不痛。

刘兰芝去了。在悲伤得令人无以复加的那一刻，她毅然挣脱了所有束缚，随着风的方向，义无反顾地朝晚霞弥漫的天空飞去。

这是一个看似关乎爱情，实则讲述婚姻的悲剧故事。丈夫与妻子，本该是这世上最亲密的人。举案齐眉，相敬如宾，你在我眼里，我在你心中。能与你相依相偎、走到生命尽头的，是唯一的那个他。可是，不知从何时起，夫妻关系被套上了一个沉重的枷锁。夫妇有礼，成了维持社会正常运转极为重要的因素。男女结婚，渐渐不再为了"心仪"。婚姻关系，渐渐变得不由自己做主。所以，一场婚姻的坍塌覆灭，被埋葬的绝对不仅仅是爱情。

题序有云："汉末建安中，庐江府小吏焦仲卿妻刘氏，为仲卿母所遣，自誓不嫁。其家逼之，乃投水而死。仲卿闻之，亦自缢于庭树。时人伤之，为诗云尔。"从整个故事来看，这对苦命鸳鸯对彼此付出的情感，已经远远超过了男女之情。那是一道生死不渝的契约，一道化为鸳鸯相依相伴、永不分离的契约。

卷一　一往情深不堪忘

　　《孔雀东南飞》本就是个传说。传说总是三分实，七分虚。之所以能流芳千古，是因为每次读到"指如削葱根，口如含朱丹"时我们唇角的微笑。是因为午夜梦回，闻得窗外莺啼，内心深处隐隐涌起的热浪。那像是眼泪，却原是一腔悸动。

　　刘兰芝和焦仲卿走了，带着无数痴情儿女的不舍，和后世无穷无尽的猜测、揣度。

　　青松迎风傲立，梧桐凝望着细雨，林间有鸳鸯起舞，鸾凤和鸣。传说，凤凰的眼泪，能治好这世间最重的情伤。你看斜阳尚早，就让这场死生契阔的相随，来证明这世上真有那么一种情感，叫真爱。

卷二 百般相思亦枉然

那些女子的故事要怎么开篇,又该怎么结束。她们早已逝去,留下后人百般相思亦是枉然。只是,这些浮光掠影的东西,终究难以收鞘,遗留在外,让人莫不纠结。

醉美诗书:美得令人心醉的汉代诗赋

胡笳悲音,终觅凤缘

她是史上第一位有名有姓、有确实作品的女诗人。"明六列之尚致,服女史之语言。参过庭之明训,才朗悟而通云。"文学天赋,是上苍赐给她的礼物,尽管分毫不能改变这乱世,也不能改变她坎坷的命运。算是老天给她的补偿,有文章、诗歌的陪伴,她苦难的人生,终于不再那样乏味。

蔡文姬,名琰。琰,璧上起美色也。文姬少而善属文,《后汉书·列女传》谓之"博学而有才辩,又妙于音律"。除却才

学，文姬本身是个乐观向上的女子。前后三次出嫁的经历，在古代女子中并不多见，可谓异常坎坷。她咬牙撑过了这一切，且活得如春花绽放，风姿摇曳。

她是可遇而不可求的。

"天妒红颜""命运多舛"这类词难以概括她那些年的经历。其父蔡邕乃是当时著名的学者，更是丞相之师，所以出嫁前的蔡文姬，不仅"才气英英"，且被教导得彬彬有礼。出嫁后，她也曾度过一段幸福美满的婚姻生活。丈夫卫仲道才华横溢，夫妇二人举案齐眉，琴瑟和谐。怎奈不过一年光景，卫仲道便染病去世，蔡文姬也因无所出而回到娘家。

公元192年5月，权臣董卓去世，一时军阀混战。"干戈日寻兮道路危，民卒流亡兮共哀悲。"羌胡番兵在此当口挥兵东进，掠掳中原，蔡文姬就在这场末世乱离中被劫——戎羯逼我兮为室家，将我行兮向天涯。再怎么不情愿，蔡文姬还是嫁给了南匈奴的左贤王。

如蔡文姬这般才华横溢、心高气傲的女子，却被困在那寸草不生的苦寒之地，与一位语言不通、风情不解的王爷成了夫妻。可见命运，真的是和她开了一个天大的玩笑。这玩笑，将她未来几十年的人生光亮，浇熄在了那黑沉沉的现实之中。

"北风厉兮肃泠泠。胡笳动兮边马鸣。孤雁归兮声嘤嘤。乐人兴兮弹琴筝……"一去匈奴十二载，那段日子是蔡文姬人生中的低谷。身在异乡为异客，何况远嫁异乡人！温馨的家长里短没有，谈风弄月的知心人更没有。故而，怎样的疼宠呵护、衣食无忧，也难以抵消这才华横溢的女子对故乡的思念。十二年的凄苦，能够为她解忧的，只有那深深烙印在心中的华夏文明。在风

吹沙起的日子,蔡文姬对于眼前的悲惨境地满腹愁怨无处诉,只能提笔挥毫。

> 我生之初尚无为,我生之后汉祚衰。天不仁兮降乱离,地不仁兮使我逢此时。干戈日寻兮道路危,民卒流亡兮共哀悲。烟尘蔽野兮胡虏盛,志意乖兮节义亏。对殊俗兮非我宜,遭恶辱兮当告谁?笳一会兮琴一拍,心愤怨兮无人知。
>
> ——蔡文姬《胡笳十八拍》(节选)

这首《胡笳十八拍》是蔡文姬从塞外回到汉朝后所作。生于乱世的她,深受乱世之害,随同难民流亡的道路全是坎坷。胡马烟尘中,匈奴将她俘获。在她为南匈奴的左贤王诞下子嗣后,又收到了曹操将要接她回中原的消息。能返回故土自然令她欢喜,但离开这里,就意味着要离开她的子女。这对作为一个妻子、一个母亲的蔡文姬来说,又是撕心裂肺的痛楚。蔡文姬正是怀着这样的心情写下了传唱千古的《胡笳十八拍》。

胡笳是匈奴人经常吹的一种乐器。在南匈奴的那十二年里,

蔡文姬也学会了吹奏胡笳。当她终于要离开这片她一直试图远离的土地时，才知道时间真的可以将一个人的感情彻底麻醉。在这里生活得太久太久，欠下的回忆债，越来越重。蔡文姬虽然选择了返回故乡，但她的人生也注定了就此残缺。大半记忆都被她丢在匈奴国，这个陪伴她走过最好年华的他乡。她感叹生命的无常，却也在天不垂怜的颠沛流离中学会如何坚强。当胡笳吹响，她的心，变得无比宁静、安详。

蔡文姬带着舍不下的忧伤回到了中原，幸福的生活似乎在向她招手。她振作起精神，鼓励自己，虽已是年老色衰之身，但仍有追求幸福的权利。作为蔡邕的挚友与弟子，曹操以丞相之尊亲自下令接她回家。这位在汉献帝朝翻起千层巨浪的权臣，却有着一颗敏感多情的爱才知心。"呦呦鹿鸣，食野之苹。我有嘉宾，鼓瑟吹笙。"蔡文姬的身份、名气、才华都是他分外看中的，于是，丞相大人挥袖赐婚，将她许配给了年轻有为的屯田都尉董祀。

初与董祀结为连理之时，蔡文姬并没有得到幸福。早年经受过的种种挫折和对远在他乡的儿女的思念之情，时时刻刻折磨着

她。虽受尽苦难却从未学会妥协的她，亦不知如何与这位养尊处优的小夫君相处。而董祀一介彬彬公子，即便迫于丞相威慑将文姬娶回家中，心里也是不大愿意的。曾经远嫁胡人的女子却成了他的正妻，一时间，令他如何接受？

如果命运愿意这样放过蔡文姬，也未尝不是件好事。青瓦素灯前，唱唱《胡笳》、读读《诗经》，转眼便是来生。夫君董祀犯罪当死，丞相下令斩首示众。蔡文姬是何等人物，早已习惯被命运捉弄的她，立刻以女子之躯，蓬首跣足拜请丞相收回成命。

当时正值隆冬时节，蔡文姬蓬头垢面，衣衫单薄冲到魏王府前"叩头请罪，音辞清辩，旨甚酸哀，众皆为改容"。她不卑不亢地为自己的丈夫辩白，面上丝毫不见惊慌。曹操座下能人辈出，但都被这女子的冷静果敢深深折服，变了脸色。

文姬的机智，曹操的法外开恩，令董祀获释。至此，董祀终于看清楚，这名他一直忽视的"糟糠妻"，原来是块不可多得的美玉。蔡文姬所挽救的不仅仅是丈夫的性命，还有她人生中最后这一段婚姻。相传获释之后的董祀，带着蔡文姬隐居山野，过起了神仙眷侣般的生活。夫妻二人泛舟湖上，同吟古调今声，好不快活。

回首大半个人生，婚姻的不幸带给了蔡文姬许多悲苦。她曾作《悲愤诗》以自解，字里行间，说尽人世变换，种种辛酸。

欲死不能得，欲生无一可。彼苍者何辜？乃遭此厄祸。边荒与华异，人俗少义理。处所多霜雪，胡风春夏起。翩翩吹我衣，肃肃入我耳。感时念父母，哀叹无穷已。有客从外来，闻之常欢喜。迎问其消息，辄复非乡里。邂逅徼时愿，骨肉来迎己。己得自解免,当复弃儿子。天属缀人心,念别无会期。存亡永乖隔,不忍与之辞。儿前抱我颈,问"母欲何之?人言母当去,岂复有还时?阿母常仁恻,今何更不慈?我尚未成人,奈何不顾思!"

蔡文姬《悲愤诗》(节选)

  对于历经沧桑的蔡文姬而言,挫折已经成为她与命运之间的小小游戏。玩儿的次数越多,就越发地不将输赢放在心上。日月盈昃,辰宿列张间,几经人世。她将忧愤结撰成篇,心中却一片清明。真应了苏轼的那阕词:"回首向来萧瑟处,归去,也无风雨也无晴。"

  后人多言此诗"真情穷切,自然成文,激昂酸楚,在建安诗歌中别构一体"。但其实这只是蔡文姬作为一个女人,领悟的一番甘苦罢了。

  古往今来,写过蔡琰的正史与野史、情词与怨诗不可胜数。其实翻来覆去,不过就那么一句话:璧上起美色,千古一文姬。

倾国倾城，佳人难再

北方有佳人，绝世而独立。一顾倾人城，再顾倾人国。宁不知倾城与倾国？佳人难再得。

李延年《北方有佳人》

相传某次宫宴上，乐师李延年趁汉武帝酒酣微醉之际，献上了一曲《佳人歌》。歌中佳人生于北国，有南方女子没有的孤傲风情。佳人有倾城之貌，却又不似世上万千的庸脂俗粉。佳人之美，是绝世无双的。

一生酷爱猎奇的刘彻只觉得，哪里会有这样的女子？然而，心已被这首歌撩拨得躁动不已。

平阳公主此时拱手答道："延年有女弟。"这位"女弟"，便是日后令刘彻神魂颠倒的李夫人。而彼时身为倡优的李姑娘，早已知道如何去魅惑一个男人。于是果如李延年所言，这名体态轻盈，舞姿曼妙，既精通音律又知书达理的姑娘，令刘彻彻底为之倾倒。

《汉书》中描述李夫人"实妙丽善舞"。适时汉武帝正当壮年，后宫中有佳人无数，他却偏偏对李夫人疼爱有加。人说帝王之爱是霸道的，可哪个女子，不希望拥有一场能被载入史册的爱情呢？后宫佳丽三千人，三千宠爱在一身。姊妹弟兄皆列土，可怜光彩生门户。

然而，进宫不过数年，李夫人便染上疾病去世了。想她一位夫人，圣宠正佳且产下皇子，突然早卒，真是令人唏嘘。

事实上，《史记》与《汉书》对这位李夫人的记载，是颇有出入的。《史记·外戚世家》中言其有子一人，兄弟皆在朝为官。寥寥数笔，说尽她短而乏味的一生。《汉书》却辅以描写渲染，先是以《佳人歌》大肆赞扬此女容色，还将汉武帝招魂王夫人之事加诸她的身上。说汉武帝一生文治武功，却偏偏忘不了一名小小的倡女。所为者何？绝世佳人再难得也。

李夫人之美，不在容颜，而在她遗世独立的忧伤。

那年深秋，她身患顽疾，药石罔效之际，汉武帝曾不顾帝王之身，执意前来探望。佳人却以袖遮面不肯相见。汉武帝不懂，即使面对行将就木的李夫人，他还是有那么多的好奇，那么多的不满足。其实他只要仔细想一想便能明白，那不过是女儿家欲拒还迎的把戏。只是那把戏，李夫人玩得极巧。一不留神，帝王也被她勾走了魂。其实，她不过是想用这仅有的一次执拗，换死后数十年里君主的牵挂。

从李夫人病逝前以袖遮面一事来看，这绝对不是个被爱冲昏头脑的姑娘。她始终清楚自己的身份，不是昔日的陈皇后，更不是今夕的卫子夫。以色事他人，能得几时好？李夫人是聪慧且明智的，即便是育有一子，也不敢有丝毫懈怠。她怎会不记得，戚姬死得那样凄惨。她舞姿翩然，总能分毫不差地找准自己的位置，极有分寸地挑逗着那位千古一帝。面对这难得的倾国之女，即便他是千古一帝，最终也动了凡心。

李夫人是明智的，她一介倡优，没有陈阿娇的家世，能令皇帝非娶不可；没有卫子夫的福气，与帝王相识落难时。她清楚地知道，枕畔酣睡的这个男人，不是她爱得起的。于是她步步为营，与世无争地守在后宫一隅，谦卑温婉。在汉武帝面前，却又总如局外人一般淡漠微笑。这是上上乘的为妃之道。看着她的画像，汉武帝慨叹："望彼美之女兮，安得感余心之未宁？"她活得何等优雅，死得何等潇洒。

孝武皇后李夫人的一生充满神秘色彩。《汉书》中说，她因其兄李延年献歌圣上，而被召入宫。之后一人获宠，家中兄弟皆

平步青云。其中更有仲兄李广利，因其获宠而拜贰师将军出兵大宛。不知李夫人是否真如班固《汉书》所说的那般倾国倾城，但佳人一去再难得，却是有目共睹。

"罗袂兮无声，玉墀兮尘生。虚房冷而寂寞，落叶依于重扃。望彼美之女兮，安得感余心之未宁？"李夫人病逝之后，刘彻寤寐思服，辗转反侧。一个晃神，便见纤纤楚腰起舞殿前；案前小憩，也能听见靡靡之音在耳畔唱响。

美人如花隔云端，求之不得，帝王心亦老。

> 美连娟以修嫭兮，命樔绝而不长。饰新宫以延贮兮，泯不归乎故乡。惨郁郁其芜秽兮，隐处幽而怀伤。释舆马于山椒兮，奄修夜之不阳。秋气憯以凄泪兮，桂枝落而销亡。神茕茕以遥思兮，精浮游而出疆。
>
> 　　　　　　刘彻《李夫人赋》（节选）

上天创造了一个美得令人感叹的女子，又让其生命早早流逝。汉武帝为她修建新宫，期盼芳魂稍做停留。可失去她欢声笑语的宫殿，就好像城郊安葬她的凄惶坟墓，充满了忧伤和静谧。汉武帝又在李夫人的坟茔前驻足凝望，见桂枝掉落，秋日阳光折射出的影子，多像初见时她回眸一笑的身姿。不想思念，因为心无法随她而去。就算倾尽天子之力，也跨不过奈何桥，寻不见那缕袅袅寒烟。孤单寂寞的男人徘徊在月下，佳人在缥缈之间，渐行渐远。

刘彻将自己对李夫人的思念诉诸竹简，简牍上刻痕犹在，斑驳如潇湘之泪。李夫人以死换来了尊严，也换来了帝王一生的思

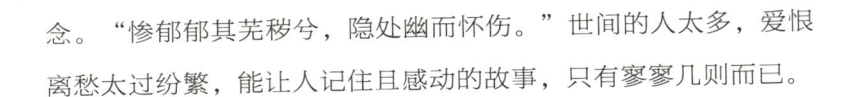

念。"惨郁郁其芜秽兮，隐处幽而怀伤。"世间的人太多，爱恨离愁太过纷繁，能让人记住且感动的故事，只有寥寥几则而已。

悲愁于邑，喧不可止兮。向不虚应，亦云已兮。憭妍太息，叹稚子兮。懰栗不言，倚所恃兮。仁者不誓，岂约亲兮？既往不来，申以信兮。去彼昭昭，就冥冥兮。既下新宫，不复故庭兮。呜呼哀哉，想魂灵兮！

刘彻《李夫人赋》（节选）

汉武帝的哽咽永远得不到回应了。李夫人留给他的是遗憾，是注定此生无法忘记的眷恋。夫人别怨我未因思念而消瘦，只因稚子年幼，我曾答应你护他周全；夫人别怨我再未回到你的宫殿，只因彻之深爱，香魂已归离恨之天。

天妒红颜，要将你带离我身边。刘彻不恨苍天，只恨自己当初痴傻，非要见见这遗世佳人生得怎个容色娇颜。昭阳殿前初相遇，一见李氏念终生。

白居易叹"丹青画出竟何益，不言不笑愁杀人"。帝王之爱最浅薄，李夫人却能令汉武帝昼夜思念，渴望与其魂魄相见，却又不敢相见。只怕见亦悲，别亦苦。不见陈阿娇，不见卫子夫，李夫人用她的方式留住了帝王的目光。不争，亦不抢。她以仙女之姿降世，她在一生中最美丽的那几年遇见爱情，又以仙女之姿翩翩远走。

生亦惑，死亦惑，尤物惑人忘不得。人非木石皆有情，不如不遇倾城色。

远嫁胡地,燕支长寒

其一

汉家秦地月,流影照明妃。
一上玉关道,天涯去不归。
汉月还从东海出,明妃西嫁无来日。
燕支长寒雪作花,蛾眉憔悴没胡沙。
生乏黄金枉图画,死留青冢使人嗟。

其二

昭君拂玉鞍,上马啼红颊。
今日汉宫人,明朝胡地妾。

李白《王昭君》(二首)

唐天宝年间，李白又一次漠北之行，他行至中郡单于都护府，驻足祭奠王昭君。李太白永远是独特的，此诗中"燕支长寒雪作花，蛾眉憔悴没胡沙"两句，下笔新奇，非亲眼所见不能得之，非凡夫俗子所能及之。明明一首哀怨诗，竟让他写出了冰雪严寒给人的切实感受。

一曲大漠哀怨歌，远不如一场心与心的交流，眼神与眼神间的碰撞来得动人。王昭君的美，不止在于她的外貌，更在于她的品质和风骨。

《后汉书·南匈奴传》载："昭君字嫱，南郡人也。初，元帝时，以良家子选入掖庭。"在后宫生活数年，无非是春风桃李花开日，秋雨梧桐叶落时。跨入掖庭多少个昼夜，王昭君就寂寞了多少个昼夜。可这又有什么呢？"一入王庭寂寞身"的女子数不胜数。

《尚书·尧典》云:"诗言志,歌永言,声依永,律和声。八音克谐,无相夺伦,神人以和……"其中有言,诗与歌都是用来表达思想感情的方式。

一更里,最心伤,爹娘爱我如珍宝,在家和乐世难寻;如今样样有,珍珠绮罗新,羊羔美酒享不尽,忆起家园泪满襟。

二更里,细思量,忍抛亲思三千里,爹娘年迈靠何人?宫中无音讯,日夜想昭君,朝思暮想心不定,只望进京见朝廷。

三更里,夜半天。黄昏月夜苦忧煎,帐底孤单不成眠;相思情无已,薄命断姻缘,春夏秋冬人虚度,痴心一片亦堪怜。

四更里,苦难当,凄凄惨惨泪汪汪,妾身命苦人断肠;可恨毛延寿,画笔欺君王,未蒙召幸作凤凰,冷落宫中受凄凉。

五更里,梦难成,深宫内院冷清清,良宵一夜虚抛掷,父母空想女,女亦倍思亲,命里如此可奈何,自叹人生皆有定。

王昭君《五更哀怨曲》

年少的姑娘一颦一笑都倾城,想必前世,这名王姓女子必是灵山下的一棵百忧草。寄居在她身体里的忧愁太深,拖累今生也要被思念填满。昭君的哀怨仿佛没有尽头。她生得这样清丽美好,命运为何要捉弄她?《后汉书》载:"(汉元帝)时,呼韩邪来朝，帝敕以宫女五人以赐之。"

呼韩邪单于早年间与汉朝交好，感情日笃之际，有了和亲的打算。汉元帝没有武帝挥戈大漠的英雄气，便欣然答允联姻。然而纵观华夏千载，远嫁正牌公主的皇帝可谓凤毛麟角。白居易《阴山道》诗中的咸安公主出嫁回纥，这实属不易。汉元帝自然没有大方到愿意把自己亲生的女儿送去黄沙滚滚的塞外。宗亲大臣商议后决定，从宫女中挑选数人赐给单于，王昭君正是其中之一。

王昭君被选和亲的前后因由众说纷纭。如今正史中这样记载："昭君入宫数岁，不得见御，积悲怨，乃请掖庭令求行。"这便是说，昭君自请远嫁。

阳春三月，春暖花开好时节。王昭君彩衣翩翩，仙女般行至朝阳殿。汉元帝九五之尊，心疼美人远嫁，更恨自己怎么没先遇到她。正是"低徊顾影无颜色，尚得君王不自持"。

《后汉书》载："昭君丰容靓饰，光明汉宫，顾景裴回，竦动左右。帝见大惊，意欲留之，而难于失信，遂与匈奴。"昭君出塞，千古流传。曾有诗人赞她和亲之举且悲且壮，有诗"汉武雄图载史篇，长城万里遍烽烟。何如一曲琵琶好，鸣镝无声五十年"。可叹，自古女人懂得男人的理想，男人却不懂女人的悲伤。一柔弱之躯，竟要远赴他乡，到那铁马冰河、孤魂遍野之处了却今生，怕之唯恐不及，哪里还想得起什么家国天下。

一去紫台连朔漠，独留青冢向黄昏。对王昭君来说，天上是南飞的鸿雁，人间是满目的胡杨、沙丘。家人、君王、锦衣华服都已恍如隔世。

王昭君就这样斩断了自己和中原故土的所有联系。后世有

《王嫱报汉元帝书》，书中文字如泣如诉："臣妾幸得备身禁脔，谓身依日月，死有余芳。而失意丹青，远窜异域，诚得捐躯报主，何敢自怜？独惜国家黜涉，移于贱工，南望汉关徒增怆结耳。有父有弟，惟陛下幸少怜之。"但是和亲乃是国家行为，皇帝金口玉言许诺的，即便是嫁了公主都不能说回就回，王昭君不会那么不自量力。

远嫁呼韩邪单于，对昭君而言，未必不是一种解脱，一种新的开始。王昭君跨出宫门，见识到塞北大漠辽阔天地，巍巍天山雪顶含翠之时，忽然觉得命运不是在和她开玩笑，只是许了她一世长安。

昭君怨，苦难当，命运凄凉，风吹人断肠。王昭君还没来得及幸福，大漠风烟却忽生变故。她出嫁第二年，汉元帝驾崩；出嫁第三年，夫君单于病逝。正如王安石诗中所写：君不见咫尺长门闭阿娇，人生失意无南北。

远见家乡海之畔，妾身却在天之涯。风也萧萧，雨也萧萧。寄声欲问塞南事，只有年年鸿雁飞。心醉处，那年玉关情，落雁谣。

> 秋木萋萋，其叶萎黄，有鸟处山，集于苞桑。养育毛羽，形容生光，既得行云，上游曲房。离宫绝旷，身体摧藏，志念没沉，不得颉颃。虽得委禽，心有徊惶，我独伊何，来往变常。翩翩之燕，远集西羌，高山峨峨，河水泱泱。父兮母兮，进阻且长，呜呼哀哉！忧心恻伤。
>
> 王昭君《怨词》

眼前的树林秋叶金黄，寄居在山中的飞鸟放声歌唱。"云无心以出岫，鸟倦飞而知还"的优雅，昭君也懂得。水土养得故乡人，飞禽羽色油亮，翩翩飞翔。又见天边绚烂的云霞，那如梦似幻的颜色，却不是吉兆。云霞将王昭君带入了深宫，一入宫门深似海，从此故乡只在梦中。

命运给了她选择的权利，也给了她逃脱的机会。但王昭君与这机会擦身而过。于是，她只能倾尽全力，只身与荒凉大漠斗争数十寒暑。只留下那"不籍雄兵千百万，琵琶一曲静胡尘"的凄凉之语。

纳兰性德的诗，总是有关深爱的。他说："今古河山无定据。画角声中，牧马频来去。满目荒凉谁可语？西风吹老丹枫树。从前幽怨应无数。铁马金戈，青冢黄昏路。一往情深深几许？深山夕照深秋雨。"而王昭君的情感，正隔了几个世纪与他遥相呼应。王昭君深切爱着的，不是汉宫君王，不是塞北单于，更不是诗赋小说中写的那样，爱什么家国苍生。王昭君之爱，是这世间芸芸众生都憧憬的爱情。她爱琵琶声，爱琵琶声弹出的乡音，爱三峡江头回荡着的悠扬歌声。

她最终在大漠那片土地上，抑郁而终，未能回到那片令她魂牵梦绕的中原故土。

王昭君死后，葬于当地。因为她的墓依山傍水，始终草色青葱，所以王昭君的墓地又被后人称为"青冢"。大漠深处，倩影翩跹，从那里走出来的芳踪难以寻觅。后人始终心怀怜惜，像那古冢上的青草，一茬茬地疯长。

自退冷宫，苦心终负

古代后宫女子的命运从来不在自己的手上。此话有理，却也无理。有理者何？自汉高祖始，戚姬之《戚夫人歌》、陈皇后之《长门赋》、李夫人之《落叶哀蝉曲》、明妃之《怨词》，此四者，字字恨泪斑驳。无理者何？汉成帝妃班氏婕妤，德贵淑灵，雅好诗文，因不屑与宠妃赵飞燕为敌，自请长居深宫。

人生在世，总有事非执着不可，总有事绝不可执着。

翻开梁代文论家钟嵘《诗品》的扉页，有这样一句话："从李都尉迄班婕妤，将百年间，有妇人焉，一人而已。"《诗品》将两汉至梁代百余位诗人分为上中下三品，班婕妤位居上品，且为众诗人中唯一的女性。《诗品·汉婕妤班姬》写道："其源出于李陵，团扇短章，辞旨清捷，怨深文绮，得匹妇之致。"

作为汉成帝的妃子，班婕妤容貌秀丽、聪慧大方、举止庄重自持。她在《自悼赋》中评价自己"承祖考之遗德兮，何性命之淑灵"。难能可贵的是，她还拥有世间男子少能及之的文学才华。其《自悼赋》以《楚辞》之体，《诗经》之境，千古以来，始终在中国文学史上占有一席之地。

班氏是汉成帝登基后首次召选的女眷，以良家子之身入了宫闱。其后忽蒙圣宠，被封"婕妤"之位。前后不过一年光景，汉成帝便赐予她可以独自居住的馆所、宫殿，还与她生得一子。可惜小皇子出生后不过数月，便因病夭折了。《汉书·外戚传》载："成帝游于后庭，尝欲与婕妤同辇载，婕妤辞曰：'观古图画，贤圣之君皆有名臣在侧，三代末主乃有嬖女，今欲同辇，得无近似之乎？'"

可见，初入宫闱的班婕妤是蒙受皇恩，年轻且骄傲的。她知书达理，更有着自己的坚持。汉成帝为她的才华所倾倒，为她出淤泥而不染的清丽气质所折服。于他而言，班婕妤已不仅仅是可以蒙承恩泽的良家子，更是千金难买的红颜知己。情浓之时，他更要求与她同辇而行。

班婕妤的命，始终掌握在她自己的手中。佳人拱手作礼，不卑不亢地说出拒绝之言。诚然，若是寻常人家的夫妇，自然不必拘于俗礼。但汉成帝身为九五至尊，言行坐卧皆需有礼有例，半分不得僭越。身为帝王要付出的代价，班婕妤比帝王更懂。

这一拱手的辞言，令皇帝羞愧不已，就连太后也欣喜地称赞道："古有樊姬，今有班婕妤。"樊姬，是曾辅佐楚庄王，使楚国威名远扬的贤妃。太后这一赞，令班婕妤在后宫的地位愈发显贵。然日诵《诗经》《女师》的班姬，又怎会同寻常宫妃一般恃宠成娇？聪慧如班婕妤，与后宫一众坐井观天的女子怎能相提并论。《汉书·外戚传》载："赵飞燕姊弟从自微贱兴，逾越礼制，浸盛于前。班婕妤及许皇后皆失宠，稀复进见。"

青春年华流水似的过。班婕妤温文尔雅，同女夫子无异，自然读得懂《诗经·白华》里那句："白华菅兮，白茅束兮。之子之远，俾我独兮。"独宠圣前，能有几时？而失宠的下场，聪明的班婕妤在史记里看得分明。自然她也能看懂，汉成帝凝视那舞姬的眼神。

她便是历史上有名的赵飞燕，是李白诗中"一枝红艳露凝香，云雨巫山枉断肠"的女子，也是《赵飞燕别传》中那"骨纤细，善踽步而行，若人手持花枝，颤颤然，他人莫可学也"的妙龄佳人。与她同处一朝的女人，无一不嫉妒。

唯独不含班婕妤。

班婕妤眼中的赵飞燕，是艳俗且有害礼教的，是当不得圣前之人的。然自己一介女儿身，身为后宫妃嫔的她，对这种事却又那般的无可奈何。随着愁苦识尽，年华不再，这位千古传奇女子，也只能成为寂寞宫墙内，一粒可有可无的尘埃。

新裂齐纨素，鲜洁如霜雪。裁为合欢扇，团团似明月。出入君怀袖，动摇微风发。常恐秋节至，凉飙夺炎热。弃捐箧笥中，恩情中道绝。

班婕妤《怨歌行》

这就是后宫女子的命运。新人一笑，旧日恩情绝。

可班婕妤岂是寻常宫娥？她的命运，她要自己掌握。原是不想进宫的，却用一人自由，换来举族安宁。如今，她又将自请退居长信宫，换下半世的太平。

赵氏姊妹气焰遮天，长安城内一片喧嚣，班婕妤一方清静之殿也沾染了红尘之气。终于，她倦了。这世上哪里会有女子求丈夫休了自己？且看汉成帝妃班婕妤。一纸奏章，不求恩宠，只求清静。赵飞燕的美丽娇媚冠于后宫，可班婕妤的超脱，又岂是小小宫闱所能容纳的。

长信宫，那个等同于冷宫的地方。于嫔妃而言，冷宫就是坟冢。班婕妤却时刻谨记，君子者，不可长处乱世。后宫已被赵家姐妹搅得浑浊不堪，到长信宫中侍奉王太后，一可以避祸，二可以得清静,反而是最好的处所。忘却昔日之情,走得这般潇洒。只因为她崇拜的、心所向往的是大汉天子,而不是眼前的男人。

一曲《自悼赋》,哀的是礼崩乐坏,人心不古。她将自己比作屈原,比作宋玉。后人只以为她因恩宠不再而悲伤惆怅,又有几人能明白,她从不想做妲己,她是想做樊姬。

岂妾人之殃咎兮,将天命之不可求。白日忽已移光兮,遂晻莫而昧幽。犹被覆载之厚德兮,不废捐于罪邮。奉共养于东宫兮,托长信之末流。共洒扫于帷幄兮,永终死以为期。愿归骨于山足兮,依松柏之余休。

班婕妤《自悼赋》(节选)

比起做一名姬妾,班婕妤更愿意做一名诗人。她向往圣德光辉的周朝,憧憬娥皇女英时的盛世清明。她痛恨赵飞燕狐媚惑主,就像屈原痛恨那些颠覆楚国的逸臣。虽深居简出,却从不敢忘怀昔日圣前之恩。只是"樊姬"已死,她只希望"楚庄王"能励精图治,不要被眼前的美色迷惑。"太阳的光芒转移了照射之地,黄昏已经来临,臣妾的生命也将走到尽头。但愿夫君将我葬于松柏之下,但愿夫君能明白我的一番苦心。"

汉成帝最终没能明白班婕妤的苦心。

松于涧底生,苗于山间秀。班婕妤空有松柏的高洁,却比不上赵飞燕掌上舞的飘飘欲仙。"贤者处蒿莱"的苦楚,后宫中鲜有人能明白。

植满郁郁松柏的道路上,班婕妤孤独地走着。毫无暖意的阳光匆匆划过，不肯为她停留片刻。床帏暗，孤风冷。在夜以继日的孤独时光中，班婕妤度过了她人生中最平静的几年。弥留之际，回顾宫墙中发生的一切，她有憾，却无悔。

卷三 红尘妖娆繁花乱

汉代的男男女女，于长安的亭台楼阁，羊肠小道上邂逅：艳丽佳人古香古色的装扮，让人眼前一亮；俊朗男子对事业的一腔热情，难以言表；还有男女之间的情事纠葛，婚姻爱恨……

这些往事于闹市，于乡间，都留下了痕迹。红尘莫不妖娆。

美人如花，蕙心纨质

"开我东阁门，坐我西阁床。当窗理云鬓，对镜帖花黄"，即便是《木兰诗》中上阵杀敌勇武不输男人的花木兰，也喜爱梳妆打扮。女子之美，作为中国历史的精神文化遗产，薪火相传，流芳百代。

古典美，包含着外表美、体态美以及最重要的心灵之美。

衣着之美，早在《诗经》中的《绿衣》《子衿》等诗篇中已有过相关描写。到了大一统的秦汉时期，中原女子的装扮渐渐趋近周朝服饰，庄重且典雅。女儿家的汉服承周礼衣冠的体系，按照款式可分为上衣下裳制、上下连裳制和上下通裁制。乐府诗中"着我绣夹裙""缃绮为下裙，罗绮为上襦"均可说明当时女子服饰的多样。玉珏叮当、衣袂摩挲，就连那足底"嗒嗒"的木屐声也让古代女子更多了三分妩媚。那是与当代时装截然不同的美。

除却衣着，在中国古典文化的长河中，鞋履同样有着很重要的地位。

秦汉之时，人们通常称鞋为"履"。履是鞋的统称，尤其是在汉代，不同场合，要求穿不同的履。史书中有"祭服穿舄，朝服穿靴，燕服穿屦，出门则穿履"的说法。如今女子或是在鞋架上摆满琳琅满目的高跟鞋，或是在衣柜中储满五光十色的衣裙，但其精巧用心之处，却远远不及千年前的汉代。

20世纪70年代，在湖南长沙东郊附近出土了一处汉朝墓穴，考古学家在墓中发现的一具千年不腐的女尸，这成为人们议论的焦点。随女尸一道出土的还有三千余件保存完好的汉代文物。庄重的包头履、流光溢彩的丝绸，我们仿佛穿越时光，回到了那个海纳百川的朝代。

　　经过考证，这具女尸生前生活在西汉，是一位叫作"辛追"的丞相之妻。通过容貌还原，人们发现这位辛追夫人生得体态端庄、光彩照人，俨然是富贵人家娇宠的女子。

　　辛追墓也被称为"东方美人"墓。墓中出土的衣裙剪裁精细，包含薄如蝉翼的素纱、纹样丰富的绣品。衣服上绣有华美的图案、娟秀的文字，色彩丰富、织工精良。前后数来，随葬的衣物浩浩汤汤足有数百件，且种类各式各样数不胜数。"东方美人"墓穴中出土的衣物，足可以证明在汉代，不论是皇亲贵族，还是平民女子，穿衣打扮都追求精美舒适、别具一格。

　　除了衣物，考古学家还在墓

卷三　红尘妖娆繁花乱

中发现了两顶做工精良的假发。这真是令人惊奇！事实上，早在先秦，中国就已经有"髲""髢"的说法，相当于今日的假发。《诗经》中更有"不屑髢也"之语。早在遥远的古代，人们就已经开始为了拥有端庄美丽的外表，而制造各种各样的假发了。

身体发肤，受之父母，不敢毁伤。古代人绝对不轻易剪发，一旦断发，必有大变。"断发断念""断发明志"等词的出现，证明了头发对于古人的重要。今日的流行语"待我长发及腰，少年娶我可好？"这也不是一句戏言。在汉代，长发及腰，就意味着女子已近"及笄"，可以觅夫出嫁了。长发飘飘，美则美矣。只是三千烦恼丝，打理起来十分麻烦。男子重礼，出行必束发盘簪。女子则是爱美，喜欢借助金、玉、宝石等发饰将长长的头发打理得高贵典雅。簪子美，韩愈有诗以玉簪喻远山：江作青罗带，山如碧玉簪。以意象喻自然，既生动又贴切，足见古人对簪子的钟情，汉人对生活的热情与耐心，可见一斑。

诚然，汉代描写女性外貌的诗赋并不多见。但在这为数不多的作品中，我们也可以翻看到汉代文人对女子精神面貌的品评之语。乐府诗《陌上桑》的作者对罗敷的描写，首先便由她的穿着与首饰铺展开来。

日出东南隅，照我秦氏楼。秦氏有好女，自名为罗敷。罗敷喜蚕桑，采桑城南隅。青丝为笼系，桂枝为笼钩。头上倭堕髻，耳中明月珠。湘绮为下裙，紫绮为上襦。行者见罗敷，下担捋髭须。少年见罗敷，脱帽著帩头。耕者忘其犁，锄者忘其锄。来归相怨怒，但坐观罗敷。

无名氏《陌上桑》（节选）

一个迎面走来的女子，我们首先看到的绝对不是她心灵的美与丑，而是她的整体气质，美丽的外表能将其气质衬托得更加耀眼。清晨的日光倾泻而下，养蚕的罗敷踏着晨光前往城郭采摘桑叶。乌黑的长发绾成精致的堕马髻，小巧的耳垂上，夹着璀璨如月光的宝石耳珰。看那春日的鹅黄，是她绣着美丽花纹的长裙；紫藤萝的绫缎，是她最喜爱的短袄。远远望见罗敷走来，农夫们忘记耕田，忘记锄地，回家后又互相埋怨误了农时。这全是因为罗敷脱俗的气质。汉朝人对美的要求是"含蓄而内敛"，是"犹抱琵琶半遮面"。那种美，让人好奇，让人情不自禁想要靠近。

　　和《陌上桑》有异曲同工之妙的还有《羽林郎》，在《羽林郎》中，同样美丽的女子胡姬更懂得把握分寸，但又不失礼于人。

　　胡姬年十五，春日独当垆。长裾连理带，广袖合欢襦。头上蓝田玉，耳后大秦珠。两鬟何窈窕，一世良所无。一鬟五百万，两鬟千万余。

辛延年《羽林郎》（节选）

　　胡姬和罗敷一样美艳动人，而且她们都是内心纯洁的女子，所以，她们的美更是只可远观而不可亵玩。汉代女子的形象在这些诗文中逐渐丰满起来，虽然无法透过赋词看清楚她们绝艳的容貌，却可以了解到她们不可方物的美。

　　古代女子的美除却精致的妆容打扮，还体现在婀娜的身形、窈窕的体态上。宋玉《登徒子好色赋》中曾言女子"增之一分则太长，减之一分则太短，著粉则太白，施朱则太赤。眉如翠羽，肌如白雪，腰如束素，齿若含贝"。女子之美，在文人笔下被描摹得出神入化，韵味十足。曹植的《洛神赋》更是将女子之美写得如梦似幻，所谓"翩若惊鸿，矫若游龙"，仿若仙人降世。

后世模仿此赋者犹如浩瀚夜空中的星海，但真正能熠熠发光的，寥若晨起之点点星芒。绝世女子的美，在于那一抹朦胧烟雾的遮挡。窈窕身段、玲珑曲线的美并非上乘，那种美会随着时光的流逝而消失。只有那种镜花水月、可望而不可即的美丽，才能随着岁月的沉淀，愈发浓醇。

在古人的眼中，"美人"不仅要气质出众、体态优雅，心灵和品德的美好也尤为重要。乐府诗《陌上桑》的下半篇，讲的就是美人罗敷智斗纨绔子弟的幽默小故事。

使君遣吏往，问是谁家姝？"秦氏有好女，自名为罗敷。""罗敷年几何？""二十尚不足，十五颇有余。"使君谢罗敷："宁可共载不？"罗敷前致辞："使君一何愚！使君自有妇，罗敷自有夫。"

"东方千余骑，夫婿居上头。何用识夫婿？白马从骊驹，青丝系马尾，黄金络马头；腰中鹿卢剑，可值千万余。十五府小吏，二十朝大夫，三十侍中郎，四十专城居。为人洁白皙，鬑鬑颇有须。盈盈公府步，冉冉府中趋。坐中数千人，皆言夫婿殊。"

无名氏《陌上桑》（节选）

"罗敷"本是汉代人对漂亮女子的统称，相当于今日的"美女"。《陌上桑》中，这活泼且爱美的姑娘自称"罗敷"，足见其大胆与自信。正是这种发自内心的自信令农田里忙种的人们忘记劳作，正是这种与生俱来的气质令当地使君对她垂涎三尺。"堕马髻"是妇女可绾的发型，由此可知《陌上桑》中的罗敷已为人妻。面对使君的轻薄，她严词拒绝，用各种方式的嘲讽，令使君颜面扫地。

女子的美，在外表、在体态、在心灵。四百余个春夏秋冬，巍巍两汉，有体态轻盈的赵飞燕在昭阳殿前翩翩起舞；有绝世独立的李夫人在椒房病榻上以袖遮面，我见犹怜；有雅性宽仁的阴丽华怀抱一腔真情，独守孤殿；有才华横溢更胜男儿的佳人班昭，挑灯撰写汉书的同时，依然不忘苦修德行……因为有她们的存在，我们不再只记得汉朝的金戈铁马，穷兵黩武；因为有她们的光辉，后世不再只流传汉朝的离别战歌，乱世悲吟。

春心萌动，欲真即美

"'昔为倡家女，今为荡子妇。荡子行不归，空床难独守……'可谓淫鄙之尤。然无视为淫词、鄙词者，以其真也……非无淫词，读之者但觉其亲切动人。非无鄙词，但觉其精力弥满。可知淫词、鄙词之病，非淫与鄙之病，而游词之病也。"

清代文人王国维在其《人间词话》中所引的诗作，是来自汉末的一首乐府诗《古诗十九首·青青河畔草》。它是汉末政治动荡、人心思变时期，文人追求艺术变革、再现社会真实面貌的佳作。此诗描写细腻，刻画人物功底颇深，值得品味欣赏。

"青青河畔草，郁郁园中柳。盈盈楼上女，皎皎当窗牖。娥娥红粉妆，纤纤出素手。昔为倡家女，今为荡子妇。荡子行不归，空床难独守。"《青青河畔草》刻画了一位独居小楼，思念远游夫婿的倡家女子形象。所谓"倡家"，指的是古代从事音乐歌舞的乐者。而从整篇诗作的基调可以看出，这是一名同汉武帝李夫人类似的，曾在教坊唱过歌或跳过舞的女子，并非我们如今所指的妓女。

诗歌开篇托物起兴，用"青青""郁郁"两组叠词描写春天的气息。这种灵感可能来自乐府古诗"青青河畔草，绵绵思远道"。作者借用古诗的诗意勾起读者对"闺思"的联想。"垂柳郁郁拂面来，嫩草青青逐水去"的生机勃勃，全都被写进这两句诗中。紧接着又连用"盈盈""皎皎"两个形容词体现女子身姿的曼妙、容色的姣好。此时前两句描写景色的诗便成为对女子靓丽青春的陪衬。女子的美，在面容体态，更在一颦一笑之间。那"娥娥红粉妆，纤纤出素手"的细微描摹，最令人难忘。人说要看女子的气质，首先看她的手。这双纤纤柔荑忽一入眼，人的心，蓦地就跟着软了。

佳人登楼倚窗，既是眺望远游的夫君，也是排遣自己的寂寞。女子命苦，当年身在教坊，被当作玩物，供达官贵人欣赏。如今虽已为人妇，夫君却常年在外不能相伴，于是她只能望着楼外的春色默默伤心。若是故事到此戛然而止，就似《迢迢牵牛星》一般"盈盈一水间，脉脉不得语"，由得后人想象，也别有一番韵味。只是此诗的最后两句，"荡子久不归，空床难独守"却幽幽地转了个情欲的弯儿，生出几分脸红心跳的暧昧来。

那是"枕畔空空，待君归来"的旖旎。从青青河畔草开始铺垫，女子从望春、忆春，到思春、伤春，都被作者写得那样直白急切。那不是思嫁女子的娇娇怯怯，那是年轻的身体和炙热欲望的交会，那是一种几乎要将整颗心燃烧殆尽的思念。

事实上这类"半露骨"式的、描写女子私生活的诗作，在西汉和东汉前期并不多见。直到东汉后期，因为乱世动荡，儒家伦理道德面临质疑与崩塌，人们对不受束缚的自由生活充满向往。一些文人才开始自主地进行"叛逆"式思考，在文学作品中寻求思想上的解放。《古诗十九首》就是这种思考的结果之一。

汉末的思想解放潮流，如豆蔻年华的少女春心萌动，凭栏思嫁一般涌动。汉末的文人，普遍对背离儒家礼教的一切事物和思想，有着极大的兴趣。此时，人们对欲望的追求尤其狂热，从前不敢写进诗中的情欲之语，如今也跃然纸上。

醉美诗书：美得令人心醉的汉代诗赋

　　惟情性之至好，欢莫备乎夫妇。受精灵之造化，固神明之所使。事深微以元妙，实人伦之端始。考遂初之原本，览阴阳之纲纪。

　　……

　　惟休和之盛代，男女得乎年齿。婚姻协而莫违，播欣欣之繁祉。良辰既至，婚礼以举。二族崇饰，威仪有序。嘉宾僚党，祈祈云聚。

蔡邕《协和婚赋》（节选）

这是东汉文人蔡邕所作的一首描写男女新婚之夜的诗赋。百代以后，赋中句读多有亡佚，但我们仍可从残存下来的语句中感受洞房花烛的美妙。

蔡邕的这篇赋，代表了汉末民众——至少是汉末文人——在某种程度上对礼教的摒弃。诗人通过对男女新婚这一情节的描写，表达人们对自由生活的美好憧憬。

除却《协和婚赋》，蔡邕还写过数篇同类题材的辞赋，其中《青衣赋》一篇所描写的婚恋之事同样大胆露骨，但是文末收尾处理得十分细腻。

> 明月昭昭，当我户扉。条风狎猎，吹予床帷。河上逍遥，徙倚庭阶。南瞻井柳，仰察斗机。非彼牛女，隔于河维。思尔念尔，怒焉且饥。
>
> 蔡邕《青衣赋》（节选）

这是一首描写少年思恋爱人而不得寐的作品。皎洁如秋水的月光下，少年倚着窗扉，看秋风吹动薄纱床帏。那阵风仿佛也吹进了他心中，令他思念起不知身在何方的爱人。此赋虽然不似《协和婚赋》中那般用词直白，但后人也能从中看出汉末文人对人性自由的追求。

汉末情诗爱赋，除却有关"思念夫君""洞房花烛"的故事，更有专门描写新妇忐忑心境的诗篇。比如东汉文人张衡的《同声歌》，就以委婉又不失情调的语句描绘出一幅新妇初入夫家的画面。

> 邂逅承际会，得充君后房，情好新交接，恐栗若探汤。不才勉自竭，贱妾职所当，绸缪主中馈，奉礼助蒸尝。思为苑蒻席，在下蔽匡床，愿为罗衾帱，在上卫风霜。洒扫清枕席，鞮芬以狄香。重户结金扃，高下华灯光。衣解巾粉御，列图陈枕张。素女为我师，仪态盈万方。众夫所希见，天老教轩皇。乐莫斯夜乐，没齿焉可忘！
>
> 张衡《同声歌》

通过对家庭生活的描写叙述，写出了女子谨遵妇德，"绸缪主中馈，奉礼助蒸尝"的战战兢兢。仿佛可见，这位初嫁之后羞涩非常的少妇，万分小心地侍奉丈夫，生怕令丈夫不顺心如意。又写其在夜晚闺房之中陈列素女、天老的画像，以素女为师，仪态万方，并像天老辅助黄帝那样，辅助自己的丈夫，做好家中的事。

事实上，张衡在创作这首诗时，原意是通过女子侍夫之举比喻臣子侍君以忠。张衡的这种比喻在前人中从未出现，对后世产生了较大影响。以妻子的小心翼翼比喻臣在君前的惶恐；以闺房之乐中妻对夫的晓谕，比喻臣子委婉规劝圣上不要因沉迷于女色而荒废朝政。同时，我们也可以从侧面了解到，张衡的这种创新，是时代思潮给予他灵感的结果。

色耶？空耶？在汉末社会大变革的时代，没有《诗经》中委婉娇羞却斩钉截铁的誓言，也没有《楚辞》里哀伤缱绻又真挚坚决的呼喊。汉末文人，以其特有的"情欲"之笔，为后人留下一首首探寻生命意识和人性自由的诗篇。

新人一笑，旧影谁怜

其实，婚姻与爱情中的孰是孰非，本就不是一两句话可以说得清楚的。都说"清官难断家务事"，婚姻中的是是非非就更难三言两语地说清道明了。

汉朝一首乐府诗将婚姻中两性的关系描写得入木三分，妻子的卑微和无奈，丈夫的无情和后悔，还有那个并未出面的第三者的尴尬和窘态，都栩栩如生地呈现了出来。

> 上山采蘼芜，下山逢故夫。长跪问故夫："新人复何如？"
> "新人虽言好，未若故人姝。颜色类相似，手爪不相如。"
> "新人从门入，故人从阁去。""新人工织缣，故人工织素。织缣日一匹，织素五丈余。将缣来比素，新人不如故。"
> ——无名氏《上山采蘼芜》

男女关系的不对等，不仅体现在社会体制中，更体现在夫妻间心理上的差异。诗中刚刚离缘的年轻男女在青山下偶遇，一阵微风袭来，二人俱是尴尬不语。被休弃的贤妻心中郁郁不平，但出口的话仍旧礼数周全。不能嫉妒，不能吃醋，她怯怯地询问"新人何如"。她真的是想问新妇有没有照顾好家里吗？她只是想让听了此语的丈夫记起自己的温柔懂事，念起旧日的恩爱罢了。

遗憾的是，丈夫完全没有听懂她的言外之意，反而一本正经

地回答"新人不若故人"。可见丈夫心中早已没了对前妻的情意，又或许从来便没有过情意。他像挑选货品一般，条理分明地评价了故人与新人的优缺点，得出"将缣来比素，新人不如故"的结论。

这首诗以前妻上山采蘼芜为引，离缘夫妻偶遇为契机，隐晦地斥责了男性对女性的轻视。从古人的角度来看，诗中的丈夫并没有什么过错，妻子更是贤惠得无懈可击，但一场婚姻悲剧分明在"无过"与"贤惠"的基础上上演了。是个人的错吗？当然不是，这篇乐府诗得以流传至今，表示它一定拥有广泛的传唱度、广泛的共鸣。当千千万万的贤德女子被丈夫无情抛弃却不能反对、抗争时，她们便只能用诗歌来排遣忧伤。

《毛诗序·大序》中

说:"诗者,志之所之也。在心为志,发言为诗。"诗歌由心灵感发而成,所以它那样美,那样饱含热情。两汉时期,类似《孔雀东南飞》《上山采蘼芜》的怨情诗首次出现在文坛上。这些诗作哀悼女子的不幸,斥责了禁锢爱情的儒家礼教,是文学史上一颗颗闪亮的明星。

社会对女子尊严的轻视,并非发端于民间。"亡国祸水"一词,是形容妹喜,更是形容历史上众多被困宫闱、被冤祸国的可怜女子。试想,民间的夫妻哀怨,哪里有后宫中帝与后、妃与嫔之间的感情纠纷来得惨烈。

世人皆知,东汉开国国君,那创造了"光武中兴"的皇帝刘秀,一生只娶了三位夫人。在整个世界的历史上,这般"清心寡欲"的君王都甚为少见。但即便偌大的后宫只储了三位娘娘,这刚好凑成一台戏的阵容,还是能将光武皇帝搅得不得安宁。

发妻阴丽华,与刘秀相识于他身份卑微之时,是刘秀三拜九叩求来的爱人,娶她,是为了儿女情长。皇后郭圣通,是他决意起兵争霸时娶来的侧室。郭家手握军权,实力不容小觑。纳她,是为了英雄事业。结果从来顺服的郭圣通,却因嫉妒丈夫宠爱阴丽华,而设计杀害了两人最疼爱的小儿子。后来郭家败落,郭圣通被废,阴氏被立为皇后。千帆过尽,即使拥有了名副其实的帝、后之位,这对患难夫妻当年的情谊却再也找不回来了。

这就是男尊女卑,而最能体现"男尊女卑"这一词的,莫过于古代"一夫多妻"的社会体制。它使得男人的占有欲得以无止境地扩大,与此同时也使得女人积压的怨愤越来越深。而由此引发的夫妻问题一旦爆发,往往会酿成两败俱伤的惨剧。

吕雉是汉高祖刘邦微贱时的妻子,高祖登位后封她为皇后。

但彼时吕雉年老色衰，刘邦更宠爱一名叫"戚姬"的妃子。戚姬生下男婴，取名"如意"，被封为赵隐王。吕后之子太子刘盈为人仁慈软弱，刘邦认为刘盈与自己性格不像，而戚姬之子如意则与自己相类，于是想过废刘盈立如意为太子。戚姬得知此事，便日夜啼泣，求刘邦改立如意为太子。而吕雉虽为皇后，却很少见到高祖，两人关系愈发疏远。汉高祖去世后，刘盈继承皇位，吕雉被尊为太后。吕后便命人"断戚夫人手足，去眼，煇耳，饮瘖药，使居厕中，命曰'人彘'"。

这是史书中汉高祖家的一桩丑事。高祖刘邦于四十八岁起义抗秦，五十四岁方登位称帝。从微到显，吕雉一直不离不弃地陪伴着他，而戚夫人则是于刘邦为汉王时才获宠幸。夫人者，天子之妃也，即世人所说的"妾"。

吕后年老，主要是在政治上辅佐刘邦。而整日陪伴君前的，却是这位年轻温婉的戚姬。后高祖驾崩，无论是为了新帝，还是为了自己，戚姬这女子，自然是首当其冲。

宫闱里的是非，总让人津津乐道。吕后之毒辣，戚姬之颜色，世间少有。刘邦显贵后专注美色，忘记了贫贱之妻，却是寻常。在这场称不上秘闻的事件中，戚姬妄图使自己的儿子继位是为导火索，刘邦只见新人笑、不闻旧人哭是为起因。整件事的根源，却是正妻吕雉心中的不平衡。

但设身处地，有谁会做别的选择吗？吕雉伴夫君熬过数十年贫苦生活，一路从沛县随至长安。终于苦尽甘来，但酣睡在夫君枕畔的却不是她。不仅如此，那比她年轻美丽的女子还要抢她儿子的皇位。该得多大度的女人才能接受这一切呢？古时男子可以妻妾成群，却称女子善妒，只因为他们从未站在女性的角度，去看清这社会的畸形。

我们哀叹《上山采蘼芜》中弃妇的懦弱,身为弃妇的女子没有胆量、没有意识向不公平的社会做出反驳与抗争。一纸休书临头之日,她便只能悄无声息地离开。就算在山下重逢,也不可以埋怨,只能低眉顺眼地问候。妇德、妇容、妇言、妇功,这是封建时代女子必须具备的品德。也正是这些品德纵容了男人的占有欲,积压了女子的幽怨,造成了男女关系的失衡。

诗歌,是亲身所历方能成佳作的文学。它浓缩了最真、最贴近心扉的情感。当我们在赞叹汉代弃妇诗、怨情诗感人肺腑时,更应该深刻地反思这些诗歌动人的原因。那不是爱情,那是最无力的抗争。

悠悠汉都，万里芳菲

  洛阳与长安，分别曾为东西两汉的国都，它们是两汉时期政治与经济繁荣昌盛的精华之所在，它们展现了中华民族大一统时代的盛世辉煌。

  李白诗中曾有长安之赞："长相思，在长安，络纬秋啼金井栏。"定都在此的汉高祖，甚有远见。长安四面环山，沃野千里，有"渭水收暮雨，处处多新泽。宫苑傍山明，云林带天碧"之景。

古来咏洛阳之诗何止千首，赞洛阳之词何止万阕，其中最能描摹洛阳精华的便是那首"玉京群帝集北斗，或骑麒麟翳凤凰。芙蓉旌旗烟雾落，影动倒景摇潇湘"。

巍巍两汉、盛世双都，是中华民族引以为傲的辉煌年代。多少史官下笔成篇，传唱帝王的丰功伟绩；多少文人泼墨挥毫，歌颂大汉这不朽的辉煌。东汉文人班固，就曾在《西都赋》中记述了这些由他亲眼所见的长安繁华景象。

乡曲豪举，游侠之雄，节慕原、尝，名亚春、陵。连交合众，骋骛乎其中。若乃观其四郊，浮游近县，则南望杜、霸，北眺五陵。名都对郭，邑居相承。英俊之域，绂冕所兴。冠盖如云，七相五公。与乎州郡之豪杰，五都之货殖，三选七迁，充奉陵邑。盖以强干弱枝，隆上都而观万国也。

班固《西都赋》（节选）

四郊近县，南北相望，阡陌交通，鸡犬相闻。乡土豪绅、游侠豪杰，纷纷扬鞭催马，从四面八方鱼贯而入。公子王孙皆意气风发，相携而来。还有那七相五公、州郡豪杰，也蜂拥至此。

人性本善，只因饥寒起盗心。滋润富足的生活令国都百姓路不拾遗、夜不闭户。人与人之间的交往只能用"和谐"来概括。国都洛阳，有国色天香，有膏腴贵游，更有那仗势欺人的纨绔子弟、艳丽动人的酒家少妇，以及这一出传唱千古，有关"调戏与反抗"的景象。

昔有霍家奴，姓冯名子都。依倚将军势，调笑酒家胡。

> 胡姬年十五，春日独当垆。长裾连理带，广袖合欢襦。头上蓝田玉，耳后大秦珠。两鬟何窈窕，一世良所无。一鬟五百万，两鬟千万余。不意金吾子，娉婷过我庐。银鞍何煜爚，翠盖空踟蹰。就我求清酒，丝绳提玉壶。就我求珍肴，金盘脍鲤鱼。贻我青铜镜，结我红罗裾。不惜红罗裂，何论轻贱躯！男儿爱后妇，女子重前夫。人生有新故，贵贱不相逾。多谢金吾子，私爱徒区区。
>
> 辛延年《羽林郎》

年方及笄的窈窕佳人，长裾缎带，广袖丝襦，发镶玉，耳嵌珠。当垆卖酒，送往迎来，总会惹来有心人的不怀好意。纨绔世家子，总会对这样的女子多出几分轻薄之心。而一人欲轻薄，一人反抗调戏的景象，就在这热闹的洛阳城中登台亮相，引来侧目无数。胡姬小小年纪，便能撑起酒肆且独当一面，还骂退了贵族子弟。这便是洛阳，什么都有可能。洛阳，欢迎自食其力如胡姬之人，有了他们的存在，都城才更显得繁荣、热闹。

盛世两都，繁华京韵和着异域风情翩然起舞。然君当知，从古至今的都城诗赋只有一个主旋律，那是都城最让人难以忘怀的魅力所在，即故国之都。

对洛阳的情感，没有人会比曹植更复杂。曹植《赠白马王彪》云："谒帝承明庐，逝将归旧疆。清晨发皇邑，日夕过首阳。伊洛广且深，欲济川无梁。泛舟越洪涛，怨彼东路长。顾瞻恋城阙，引领情内伤。"

那是曹植的故乡，他曾在这片土地上策马奔腾，纵情地饮酒放歌，大梦了一场。曾经，他有机会成为这片土地的主人。那本是他的皇位，洛阳是他下半生运筹帷幄、决胜千里的地方。后来，他的父亲死在了洛阳。他的一名兄长身居高位，将另一名兄长杀死在洛阳禁宫后，又下令将他逐出了洛阳。

接到了圣上的圣旨，要他早早归去封地。天刚亮就匆匆坐上驶离洛阳的马车，太阳刚偏西，就已过了首阳城。面对故都，曹植是那样的眷恋不舍。前方道路艰险无比，也不知还有多长的寿命。回首东望，那日影阑珊处，竟还依稀出现魂牵梦绕的影子，那是洛阳的城郭，他的故乡。

公子之才，下笔如神。曹植一首《赠白马王彪》，除却对洛阳之美的眷恋，只有无尽的愤慨、悲伤。故都在他心中，便如父母一般温暖，会将他护在怀里，保他喜乐安康。故都，是古今诗人吟咏歌唱的一大主题："长相思，在长安"是欲回乡而不得；"洛阳亲友如相问，一片冰心在玉壶"是欲见家乡亲人而难见；"长安渭桥路，行客别时心"是欲离去而不忍远走；"洛阳城东西，长作经时别。昔去雪如花，今来花似雪"是欲重游而物是人非。

两都之美，在成群马队的带领下流传四海；两都之繁，在中西文化的交融里步步攀升；两都之趣，在巷陌酒肆之处举目皆是；两都之情，在恋乡诗人的心头生根发芽。

悠悠汉都，百花盛放之时，尽是芬芳。

卷四　求仙饮酒乐逍遥

人生亦长亦短，亦苦亦甘，有人想重回梦中，千方百计，踏访仙道，有人想遗世独立，酒中寻欢。世间百态，皆耐人寻味。

君王寻仙，少壮几时

于天下文人而言，汉武帝的一生，本身就是一首诗。气势恢宏，气韵沉雄，带着浓厚的儒家色彩，携着充盈的黄老之气，就那么忽然而至，令人双膝一软，不敢直视。

曹植曾赞汉武帝："世宗光光，文武是攘。威震百蛮，恢拓土疆。简定律历，辨修旧章。封天禅土，功越百王。"中国之政得于始皇而后行，中国之境得于汉武而后定。始皇之能事：振长策而御宇内，吞二周而亡诸侯，履至尊而制六合。立咸阳、修阿房，北击匈奴南取百越，能望其项背者少之又少。刘彻究竟有何过人之处，能得以与之比肩？

在两汉历史上，汉武帝刘彻，是一位不可逾越的人物。这位西汉初年的少年天子，从他登基之后的第七年开始，就从经济、政治、文化、民生各个方面对国家进行了全面的规划、创新。直至他中年时期，大汉天下已焕然一新。

刘彻生母王氏，即后来的王太后，有孕之时忽梦朝阳入怀，数月后刘彻出世，被视为贵征。这位一出生就带着神秘色彩的皇帝，终其一生也没脱离"仙"的束缚。

刘彻出生时正逢"文景之治"。中原自秦亡以来战乱不止，民不聊生，所以文景两朝采取了轻徭薄赋、休养生息的政策。先有汉文帝在位二十三载，宫室苑囿、车骑服御无所增益；又有汉景帝崇尚黄老无为，抑制豪强，陈仓廪庾。《史记》有载，汉武帝继位之初，"都鄙廪庾皆满，而府库余货财，京师之钱累巨万,贯朽而不可校,太仓之粟,陈陈相因,充溢露积于外,至腐败不可食"。其后,汉武帝数次挥师北击匈奴、南征闽越,开拓西域商旅之路的物质支撑皆来源于此。

汉武帝初登大宝之时,天下已休养生息六十余年,呈"乂安"之象。据《史记》载,汉武帝曾于执政初年下旨召各地贤良之士入京侍驾,更有"赵绾、王臧等以文学为公卿,欲议古立明堂城南,以朝诸侯"的记载。但一系列举措尚未在全国实施便已夭折。因为刘彻忘了,长乐宫中还有一位太皇太后。

当年,刘彻借馆陶公主之力以弱冠之龄登基为帝,自然需要有人从旁辅佐。年少气盛的刘彻在治国之道上颇有想法,欲尊儒术护正统,改历巡封。然而如同史上所有的改革一般,汉武帝处处碰壁,不久便败在临朝听政的太皇太后手下。窦氏乃汉文帝之妻,从宫女一路坐到太皇太后之位,一生可谓跌宕起伏,历尽沧桑。她深知一旦推行儒家之政,必将面临北伐匈奴之举。虽然经过文景两朝的积累,国库充盈,但国家根基毕竟尚浅,此时北伐,胜算并不大。于是手握兵权、政权的窦太后一直压制了汉武帝六年,六年中汉武帝一言一行皆需要"请命东宫"。直到建元三年(前138年)汉武帝不动干戈地拿下闽越,窦太后才放心地交出了权力。

在大展宏图的欲望被压制的数年里,刘彻变得愈发沉稳坚定。建元六年(前135年)窦太后薨于长乐宫,他便立刻开始将他的凌云壮志付诸实践:立中朝,设刺史;开察举,招贤才;行推恩之令,收盐铁、铸币之权;罢黜百家,独尊儒术。一时儒道大兴,国运昌隆;开疆土,溃匈奴,西征楼兰、大宛,东取朝鲜、卫氏;开丝绸之路、兴太学之庐;和亲之事在汉武从未有之,卫、霍三次北伐,收河套,定西域;藏书制策,与官言读。诗书礼易乐者,数十载内广充秘府。

  王尧衢《古诗合解》曾言,乐极生悲是人之常情。喜怒哀乐时常变换,但已经走过的盛年难再回来。汉武帝求长生之道,慕神仙之岁,乃因垂垂老矣,苦痛难以排遣,念及此处,而"歌啸中流,顿觉兴尽",写出的自然是绝妙好辞。这首"绝妙好辞",是元鼎四年(前113年),刘彻行幸河东,入宗祠,祭后土(土地神)之时,回望长安热闹景象,心中生出盎然诗意。于是在群臣列宴之时,作下这首《秋风辞》。

  秋风起兮白云飞,草木黄落兮雁南归。兰有秀兮菊有芳,怀佳人兮不能忘。泛楼船兮济汾河,横中流兮扬素波。箫鼓鸣兮发棹歌,欢乐极兮哀情多。少壮几时兮奈老何!

刘彻《秋风辞》

  秋风萧瑟天气凉,草木摇落露为霜。曹丕的心境,自然不及刘彻的壮阔。他拟着刘彻的诗意颤巍巍下笔,出来的也是一首好诗。清代学者沈德潜曾称此诗为《离骚》遗响,所言不虚。汉武帝之才,在挥清宇内,在继往开来,更在言辞间那潇洒不羁的帝王之气。他总是什么都想要的。"秋风起兮白云飞,草木黄落兮雁南归",汉代文人,有谁会胆大到在一句诗中连用四个动词呢?即使用了,又有谁敢保证如此流畅易懂。

刘彻，果然是个不一般的诗人。

兰菊之姿，佳人之色在他的笔下鲜活起来。楼船走，素波扬，与长安的繁华喧闹相得益彰。然而诗中景色之美，动静之妙，却最终轻轻飘飘归于一句"人生总易老"。

刘彻老了，开始学会感叹，学会反思。修得几世福，方能为天子？始皇为求长生不老遍访仙山，却终是徒劳无功。刘彻不愿意老去，可求仙真的有用吗？又该去哪里求呢？他派去蓬莱山求仙的使者无功而返，言蓬莱不远，但凡人不能及之。刘彻不肯相信，数次登上泰山远望。方士也曾言蓬莱山近在眼前，可每每刘彻欣然前往，却总是与之擦身而过。

汉武帝终是盛年不再了。据《史记》所载，汉武帝在位的五十四年中，曾多次去往蓬莱山寻仙问道。他深信黄老"神仙之说"，一再赴东海远眺，却最终也没找到不死之法。直到征和二年（前91年）"巫蛊之祸"平定之后，他躁动的心，才稍有平静。

刘彻晚年，卫皇后恩宠渐衰，方士江充显贵圣前。江充与太子刘据和卫皇后时有嫌隙，常恐惧刘彻驾崩，刘据继位后会加害于他，正赶上巫蛊之患，江充便抓住机会陷害太子。他奏请圣上，言宫中有"蛊气"，皇帝命他彻查。于是江充在掘了整座御花园后，又到太子宫中寻找所谓的"蛊气"。侍卫们在太子宫后院挖出事先埋好的桐木人，呈给未央宫。太子恐惧，发兵诛杀江充，后兵败逃亡。含冤的太子刘据与其母卫子夫不堪受辱，相继自杀。太子去世后，膝下留有三男一女，相继都被巫蛊之事牵连枉死。

壶关三老令狐茂就这场祸患上书汉武帝，乞求他查明真相，

不要冤枉太子。奏书中言"少察所亲，毋患太子之非，亟罢甲兵，无令太子久亡"。刘彻读之，方才恍然大悟。可无罪之人皆已亡故，一切再也不能回头了。

"巫蛊之祸"中包括卫皇后、太子在内，共有万余人受牵连而招致死罪。汉武帝晚年，也因此过得十分孤单。

少年壮志，一手撑起的江山已慢慢看不分明。眼睛看不清了，心就忽然平静了。对死亡的畏惧也渐渐淡了。回首望，前半生的路一片茫茫大雾，弥漫于雾间的笑声，听起来那么踌躇满志。可如今，连笑的力气也没有了。秋风辞，君王病。他一生要强，容不得被人欺骗，更容不得被人欺辱。但他同时也是懦弱的，害怕老去，害怕死亡的降临。《秋风辞》以"少壮几时兮奈老何"的悲鸣戛然而止，就让我们在篇章的末尾为这位君王保留一份尊严，别再去剖析他帝王之身上的那颗老者之心。

仙山乐土，镜花水月

在遥远的古代，人们坚信那辽阔神秘的大海中，矗立着一座凡人不得见的仙岛。岛上长满灵芝仙草，仙雾缭绕。居住其中的仙人，是可以吸风饮露、长生不老的。对疾病与对死亡的恐惧，使人们穷尽一生，想尽办法寻觅这座仙岛，向仙人求得灵药，以保长寿，甚至永生。白居易的《长恨歌》就曾杜撰过唐玄宗与离世的杨贵妃相会在这海上仙山的故事。

在家喻户晓的《长恨歌》中，唐玄宗"升天入地求之遍"的难舍心境令人唏嘘不已。为再见到自己的爱人，他用尽了一切办法，其中就包括询问方术之士。而最终，也是方士帮他圆了这个美梦，在蓬莱仙岛上，他见到了死去的杨贵妃。

同样的故事，其实也曾发生在西汉。

"箫鼓鸣兮发棹歌，欢乐极兮哀情多。少壮几时兮奈老何！"西汉武帝当朝之时，除却他与陈皇后、李夫人的风月之事，民间流传最广的乃是他深信"黄老"之术，多番求仙问道的事迹。

听雨渔船下，长鬓已星星。汉武帝刘彻文治武功，成就了大汉无法被复制的辉煌。但自从鬓边生出第一缕白发，他便陷入了恐慌。万岁的帝王如何能老？黑暗的另一头，是怎样一个世界？在那个世界里，他还是不是帝王？杀伐决断只在一念之间的刘彻，有了无法掌控的事情。他可以大刀阔斧开创出一个太平盛世，却无法像个智者一样坦然面对生命的终结。只愿求仙，只有

求仙。亘古不变的悲剧，求仙梦，谁能圆？

莫说帝王，自古至今，谁会真的不想长命百岁，青春永葆。良时光景长虚掷，壮岁风情已暗销。当统治者身处国家巅峰之处，却已鬓须全白，岂不悲伤。看着时间如指间沙般悄然流逝，长生不老药似乎成了他们唯一的支撑。

世有大人兮，在乎中州。宅弥万里兮，曾不足以少留。悲世俗之迫隘兮，朅轻举而远游。乘绛幡之素蜺兮，载云气而上浮。建格泽之修竿兮，总光耀之采旄。垂旬始以为幓兮，曳慧星而为髾。掉指桥以偃蹇兮，又旖旎以招摇。揽欃枪以为旌兮，靡屈虹而为绸。

司马相如《大人赋》（节选）

晚年的汉武帝对黄老之术深信不疑。这篇《大人赋》，便是司马相如仿照《楚辞》之风创作的"虚无求仙"书。他试图用这篇曲意幽深的赋词提醒汉武帝，莫要相信成仙之事，那只是欺人与自欺。极乐之境、旖旎之山，只能是在海天的尽头。那是魂灵长归之所，超脱红尘才可能拥有。生于尘世，又怎能不受皮囊羁绊？愿君上长醒勿复醉，愿君惜取眼前时。然落花有意逐流水，流水无心恋落花。司马相如的劝阻又那般隐晦，劝百而讽一。汉武帝读来，只觉有趣，一笑便罢了。

司马相如深知，汉武帝其人一生霸道，容不得逆耳之言。他不敢直言，却又在奉承阿谀声遍布朝堂的时候，选择时不时旁敲侧击，对汉武帝行为失当之处进行提醒。正如这篇《大人赋》，其中虽有许多关于神仙道士、虚无缥缈的描写，但其宗旨皆是规劝汉武帝不要沉迷于此。

钟鸣鼎食、挥金如土的生活日复一日。不听进谏的汉武帝一意孤行，使得朝纲日益腐败，大汉王朝眼看便要由盛转衰。司马相如一介文臣，地位又低微，如何能左右大局？可怜他那颗纤细敏感的心，日日看着江山败落，却无处安放。如今面对功名利禄和内心的煎熬，他又要做出两难的选择了。

归隐，像庄子一样逍遥山水，这便是司马相如的选择。对这个盛世不遇的文人，命运何其不公。生逢其时，却不能与谋其事。继而盛世转衰，他又无力回天。《大人赋》寥寥千字，讽的是求那镜花水月的汉武帝，又何尝不是在恨他自己？

可是真的归隐，又怎么甘心？绿柳白堤的长安，那是展现才华最好的舞台，那明明该是他命定的归宿。入眼之处，烟波浩渺间的水中月，镜中花。刘彻与司马相如何其相似？不过是舍不下荣华富贵，放不开仙山乐土。

刘彻对苍老与死亡的恐惧，就如同司马相如担心名利不再一般，都令人无端的心生恶寒。司马相如渴望借

助"神仙之力"换得君王一顾,君王却只陶醉于他诗中"神仙之力"的奇妙。求仙访道,只为不老。时光无情,日日将人抛。

遥远的求仙梦,亦是秦始皇临终前未了的心愿。至刘邦得天下,楚文化传入中原,"魂兮归来"式的诗篇为仙山再添浪漫色彩。十位皇帝,九位想成仙。汉武帝的一意孤行,终于惊动了史官手中的笔。那一撇一捺,就是永生也翻不了身的死案。

司马迁何其睿智,以一篇《孝武本纪》,将刘彻的荒唐道尽。

孝武纂极,四海承平。志尚奢丽,尤敬神明。坛开八道,接通五城。朝亲五利,夕拜文成。祭非祀典,巡乖卜征。登嵩勒岱,望景传声。迎年祀日,改历定正。疲秏中土,事彼边兵。日不暇给,人无聊生。俯观嬴政,几欲齐衡。

司马迁《史记·孝武本纪》(节选)

司马家三代为官，其父司马谈于汉武帝前期任太史令，只因未能参加泰山封禅典礼便积怨而死。其家学之渊源，区区司马长卿怎能相较？

李陵之祸导致司马迁被施腐刑，这并非都是汉武帝的错。但追根溯源，若汉武帝当初能再多予李陵几分信任，多予他几千兵马，也许便能成就另外一个李广，司马迁也不会因此受到牵连。往事如烟，因往事而受的伤只能和血吞下。司马迁发愤而著书，为的就是道尽人间不平，还历史一个公道。

虚无求列仙，松子久吾欺。记录历史的人，从不信神仙。"登嵩勒岱，望景传声。"刘彻的抱负，司马迁懂；刘彻的坚决，他也曾领教。做不到像司马相如一样常伴君侧，他只好用鞭子似的"太史公曰"，冒死荐轩辕。

大汉两"司马"的声音，慢慢地低了下去。未央宫前高大的背影，缓缓停伫。君王不敢回首，却最终回首。

知错能改，善莫大焉。

刘彻之所以为刘彻，在于九州之内无人能匹敌的骄傲果敢。刘彻的心坚毅如石，对天下他志在必得，对苍生他运筹帷幄，对自己，他则是日日三省。人到晚年，当他恍悟自己虚无求仙的荒唐，这位已近古稀的天子竟以一纸诏书，责己之过。

这穷兵黩武的皇帝固然令人气愤，但他能抛弃尊严下诏责己，一股钦佩敬仰之情便袭上心头，久难平复。是否真如沈德潜所说："文中子谓乐极哀来，其悔心之萌乎？"当一个人坐在天下最高的位子上，是否连开口道歉的勇气，也要比常人多出百倍、千倍？

恨也罢，爱也罢，千秋功过，任人评说。

诗酒风流，醉赋华章

对超脱之人，酒是唯一不可或缺之物。

曹操爱酒，"对酒当歌，人生几何？"陶渊明爱酒，"平生不止酒，止酒情无喜。暮止不安寝，晨止不能起"。李白爱酒，"天子呼来不上船，自称臣是酒中仙"。对不超脱之人，酒或许是唯一的解脱。曹植之酒言："若耽于觞酌，流情纵逸，先王所禁，君子所斥。"杜甫之醉语，"十觞亦不醉，感子故意长"。还有李清照无处安放的情丝："东篱把酒黄昏后，有暗香盈袖。"

中国古代文学里的美酒与佳作，就像形影不离的挚友，总是唇齿相依，应运而生。

不言唐诗宋词，在两千年前的汉赋中就有许多描写酒文化的内容。例如，王粲《酒赋》说："暨我中叶，酒流犹多；群庶崇饮，日富月奢。"可见酒在汉朝的时候就已经深得人心。又如，当年的卓文君随司马相如私奔他乡，因为生活所迫而当垆卖酒，可见他俩对酒的情有独钟，因而在穷困之时，只做酒的买卖。还有曹操把酒临江，一腔愁绪无处宣泄，却能言出"何以解忧，唯有杜康"的诗句，可见酒在他们心目中的地位之高。

汉朝许多人喝酒并不仅仅是为了饮酒，酒对于他们而言，除了是饮品，还是抒情感怀的媒介。扬雄的一首赋词，就将酒与时政相融合，起到了劝诫的作用。

子犹瓶矣。观瓶之居，居井之眉。处高临深，动而近危。酒醪不入口，臧水满怀。不得左右，牵于纆徽。一旦叀碍，为瓽所轠。身提黄泉，骨肉为泥。自用如此，不如鸱夷。

　　鸱夷滑稽，腹大如壶。尽日盛酒，人复借酤。常为国器，托于属车。出入两宫，经营公家。由是言之，酒何过乎？

　　　　　　　扬雄《酒箴》

扬雄借着酒来劝导汉成帝，男子犹如盛水的容器，所停留的地方处于险境，却终日浑然不觉，自得其乐。水壶被绳索所缚，没有自由。井绳被井壁挂住，碰撞打击，这里就是它的葬身之所。而盛酒的壶却是圆滑自如，被看成国宝，不论是皇帝出行，还是有权势的门庭，都对它爱护有加，但是和酒无关。扬雄以酒劝诫汉成帝不要亲近那些圆滑的小人而疏远了淡泊的贤人，借物言志，他将酒融入了政治文化之中。

汉赋中对于酒的描写，还包括饮酒的乐趣和人的主观感受。

以速远朋，嘉宾是将。揖让而升，宴于兰堂。珍羞琅玕，充溢圆方。琢雕狎猎，金银琳琅。侍者蛊媚，巾韝鲜明。被服杂错，履蹑华英。儇才齐敏，受爵传觞。献酬既交，率礼无违。……客赋醉言归，主称露未晞。接欢宴于日夜，终恺乐之令仪。

张衡《南都赋》（节选）

张衡的这段描述中，更多的是讲对饮酒的一种享受，高朋满座，满桌佳肴，身着华丽服饰的侍从服侍着主客将美酒佳肴尽悉吃下，觥筹交错间，不讲仪态。转眼就已经是第二天了，饮酒之乐已经令宾主仪态尽失。从中看来酒不仅是饮品，更是一种情感得以宣泄和表达的良方，除了这些柔弱书生在借酒抒情，汉代的将士们也会以饮酒为乐。

割鲜野飨，犒勤赏功。五军六师，千列百重，酒车酌醴，方驾授饔。升觞举燧，既醼鸣钟。

张衡《西京赋》（节选）

这是张衡在《西京赋》中所描写的将士在凯旋之后饮酒庆祝的场景。食用野味，犒赏将士，所有的将士聚集在一起把酒言欢，车载斗量的酒被喝掉，味道甘醇，十分痛快。

既然凡人都认为酒是可以表达内心情感的好东西，那么在汉代人的眼中，酒更可以用于祭祀祖先和天神，因为祖先的祭祀在汉代人的思想中占有很重要的地位。孔臧在他的作品《杨柳赋》中就提到过祭祀中酒的重要性。

合陈厥志，考以先王。赏恭罚慢，事有纪纲。洗觯酌樽，兕觥并扬。饮不至醉，乐不及荒。威仪抑抑，动合典章。退坐分别，其乐难忘。

孔臧《杨柳赋》（节选）

在祭祀中，酒的作用已经不仅仅是饮品这么简单了。凡事都有纲常，不论是摆放酒盅还是清洗酒器，都要遵循一定的规则，配合着威仪的乐章，酒的饮用完全是一种身份的体现，诚如赋中所言："退坐分别，其乐难忘。"

可见酒在祭祀场合中已被纳入严格的规制中，而且对饮酒的量也有一个基本限定，便是"饮不至醉，乐不及荒"。当然这只是一种大概的表述。在现实生活中，对于酒，很多人是难以自制的，而汉代人一直希望可以有一种适度的饮酒快乐，可以达到人伦和谐和人神同欢的境界。这种思想在汉赋中得到了充分的体现。

枚乘在《七发》中曰："列坐纵酒，荡乐娱心。景春佐酒，杜连理音。"傅毅的《舞赋》曰："溢金罍而列玉觞。腾觚爵之斟酌兮，漫既醉其乐康。严颜和而怡怿兮，幽情形而外扬。"张衡《东京赋》曰："因休力以息勤，致欢忻于春酒。……我有嘉宾，其乐愉愉。声教布濩，盈溢天区。"

在汉武帝时期，也正是汉赋兴盛期，这期间的赋作中，关于饮酒为欢的例子举不胜举，酒伴随着汉朝人从兴盛到衰败，虽然一个朝代已经不复存在了，但是酒依然醇香酣浓地流传了下来。

历史风流，却沉醉在酒香中，流淌在诗赋中。多少汉室往昔，那猎猎的风声中，又有几人能嗅到醇酒的飘香？

人生苦短，须得尽欢

汉献帝刘协，只怕是史上最倒霉的皇帝。他五十三岁寿终，一生几经辗转，有过四个不同的封号。起初王美人初怀身孕之时，为了保住自己不受后宫毒害，曾饮下堕胎药。不承想药效未灵，阴差阳错地生下了汉献帝。他出生之后不久，母亲便被毒死，留下幼小的他独自面对这个荒蛮混沌的世界。好在不久后太后董氏便抚养了他。其后兄长刘辩继位，他先是被封渤海王，后改封陈留王。深居后宫之中，步步为营。

公元189年，董卓得势，以董太后同族自居。在朝中地位已经如日中天、一呼百应的他，决定废少帝刘辩，改立仅九岁的刘协为帝。挟天子以令诸侯的董卓于三年后被杀，其部下李傕杀入禁宫欲图劫持刘协。不得已，刘协带着数十名文官，开始了长达一年的流亡。其后众人为曹操所救，入住许县。再其后，便是尽人皆知的"曹操假节钺，奉天子以令不臣"。

后期，刘协因对曹操专权不满，曾有过一次"衣带诏"的反抗，后被曹操镇压。公元220年，曹操去世，曹丕登位称帝，封刘协为山阳公。十四年后，刘协病死在山阳。这一生风云变幻，他一介帝王之尊，却不得半晌安寝。风云变幻，始终是五十余年一成不变的恐惧。

世事总是无常。

生年不满百，常怀千岁忧。昼短苦夜长，何不秉烛游！为乐当及时，何能待来兹？愚者爱惜费，但为后世嗤。仙人王子乔，难可与等期。

无名氏《生年不满百》

　　刘协的一生不就是如此吗？永远也无法左右自己该去哪里，永远也无法制止人们不断为他更换称呼。昭阳殿前父亲的身影那样陌生，未央宫内号令百官的丞相每日高呼"万岁"，心中却从未希望他能活过百年。与其这般蹉跎人生，倒不如解脱，不如放手。不该是他的皇位，他却分明承载着千年之苦。

　　其实不仅仅是刘协，但凡站上高位的人，无论他是否自愿站在此地，都将面临一生的"监禁"。古来帝王皆是如此。即便是与刘协同时代的、权倾一时的曹操也不例外。无论是史书还是野记杂谈上，想必都记载着曹操对曹植的宠爱。这种宠爱不仅是父亲对儿子的疼惜、权臣对下属的器重，更是天才文人间的惺惺相惜。但曹操因了"立嗣当立长"的古礼，没有立年龄小的曹植为副丞，最终立了长子曹丕。如此只手遮天、将汉献帝刘协牢牢掌握在手心的曹操，人生中竟也有这样的不得已，这就是所谓的"高处不胜寒"吧。

　　生年不满百，人们所能把握住的时间更是少之又少。许昌的城楼砖瓦间又冒出新芽，预示着新一年的到来。少年撩起繁重的龙袍，在内侍的搀扶下拾级而上，伫立在孤零零的楼顶迎风远眺。夕阳已与他脚下的土地渐行渐远，为中岳山山峦镀上一层微微泛红的金边。刘协忽然就想不起自己从前究竟在恐惧什么、厌倦什么了。是那一年的流亡生涯，让原本懦弱易感的他，逐渐变得坚韧不拔。流亡之路受尽苦难。因是逃跑，他们要日日提防追兵。因是仓促地逃跑，他们并未携带太多的干粮、补给。整整一年，养尊处优的他连肉汤都甚少能喝上。

从兴平二年（195年）李傕杀入长安起，到建安元年（196年）任兖州刺史的曹操将刘协迎入驻洛阳为止，杨奉等人保护他先后经过弘农、安邑，又辗转东行。一路之上看遍了生死离别，民间疾苦。是那段日子，让他开始痛恨自己身为帝王，却不能救

他的子民于水深火热。是那段日子，让他忘却了恐惧与不安，敢于直面人生。

流亡间隙，凝视着靴下被战火烧得焦黄的土地，刘协终于明白，"普天之下莫非王土"这句话印证在他身上，便只是个笑话。兴平元年（194年）那场他自以为圆满成功的赈灾放粮之举，于天下数以百万、千万计的难民来说，只是杯水车薪。命运让他来坐这龙椅，究竟是恩赐还是捉弄？如果是恩赐，为何不让他生在承平盛世，眼前满目疮痍的江山，他该拿什么扛起？如果是捉弄，为何让他心中升起万千酸楚，只恨不能做千古一帝，只恨自己没有治世之资？人生百年，这世上万千死伤，他究竟该拿几世的报应来偿还？

驱车上东门，遥望郭北墓。白杨何萧萧，松柏夹广路。下有陈死人，杳杳即长暮。潜寐黄泉下，千载永不寤。浩浩阴阳移，年命如朝露。人生忽如寄，寿无金石固。万岁更相迭，圣贤莫能度。服食求神仙，多为药所误。不如饮美酒，被服纨与素。

无名氏《驱车上东门》

东门之外，城北之郭，繁华不再，满目皆是荒冢。枝叶凋零的白杨树兀自在道旁矗立，像一根根燃烧宿命的白烛。松柏森森，是死寂的墨色，将大路夹在中央，那样窄小幽远。路边是饿死的，抑或是冻死的尸体，在西沉残阳的照射下冒着腐烂的湿气。不知他的魂灵能否轮回，即便得以轮回，大概也忘不了这一世的凄惨吧。

斗转星移，悠悠苍生之数，便如蒸发在朝阳怀抱中的晨露一般，虚幻缥缈得令人抓不住。人的心，只是暂时寄托肉身之上，时间到了，自然是要取走的。彭祖活了八百岁，不还是要同众生一样堕入轮回？既然终将面临死亡，不妨多将人事看淡些。面对悲伤时，正视它，接受它，千万不要妄图通过虚幻求仙来排解，那只会令人更加痛苦。最实际的，是饮下眼前杯中的烈酒，将伤痛倾倒，抛诸脑后，勇敢坚强地活下去，这一生，便永远都是仙境。

《驱车上东门》是东汉末年流传下来的一首古诗，以首句为名。世间就是有这样的巧合，这分明是刘协那一年的心灵写照。最开始，他是迷茫的。他不懂，为何眼前的一切以前在宫中从未听闻。他常常望着遍地荒冢默默出神，看着夕阳潸然泪下。后来，他渐渐地醒悟了，心态越来越平和，活下来的念头也越来越坚定。或许是某件事、某个人改变了他。虽然我们无从知晓，但这名只有十四岁的少年终究是咬牙支撑过了这场苦难。带着一身疲惫，他随曹操风尘仆仆地入驻洛阳，开始了他平淡、顺遂的下半生。

锦衣玉食终要身归黄土，清粥小菜也是从容一生。这命运变幻，人世间的苦与乐，只看个人的领会。陶渊明家贫无由得，还能把酒东篱，悠然见南山。李白也唱"天生我材必有用，千金散尽还复来"。刘协曾身为末世砧板上的鱼肉，竟能得天下豪杰以礼相待，这足以令他的心得到慰藉。

在水一方的小小丘陵之上，佳人掩唇而笑，眉目流转间，无限风情。闻君尚有何所求？此处便是天堂。

卷五　未央往事且随风

世事沧桑，英雄痞子，究竟谁主天下。

汉室昌盛，帝王们崇尚武力，也懂文治天下，留下的金缕玉衣，郁结了那年的未央往事。

风起云飞，双雄逐鹿

"秦失其鹿，天下共逐之，于是高材疾足者先得。"经过了秦之后的动荡岁月，多少诸侯豪杰雄起又败落，只剩下刘邦和项羽双雄逐鹿，共战天下。在一番叱咤风云的较量之后，刘邦击败西楚霸王项羽，夺得了天下，开辟了西汉的江山。这对刘邦来说是人生的重大飞跃，从一介布衣跃身为一国之君，论谁也会骄傲自得一番，所以刘邦在回故乡省亲时，借着酒性，击筑唱了一首《大风歌》。

大风起兮云飞扬，威加海内兮归故乡。安得猛士兮守四方？

刘邦《大风歌》

"大风起兮云飞扬"，刘邦深深地明白自己是凭什么而胜出的，在那个天时地利人和的时局中，刘邦固然有着自己的优势，但更多的还是凭借了时局所带给他的便利条件。而他的对手项羽，本应该是大家都看好的下一任封建统治者，却横尸乌江边。

在古人还没有完全搞清楚天地之间的自然奥秘之时，他们自然将成败归结为宿命。故刘邦虽然唱着楚吟款款、哀愁深深的《大风歌》，但比起项羽来说还是要幸运许多的。《垓下歌》传唱后世，项羽则难逃成王败寇的最终结局，一死以谢天下。

> 力拔山兮气盖世，时不利兮骓不逝。骓不逝兮可奈何，虞兮虞兮奈若何！
>
> 项羽《垓下歌》

这首《垓下歌》可以说是项羽的绝命词，在这首词作中，既充满了项羽壮志九州的英雄梦想，又充溢了他辗转缠绵的儿女之情。对于刘邦的围追堵截，项羽从不放在眼中。从踏上这条道路开始，他就意识到此行不是成功，便是成仁。

自古英雄气短，无非便是因为女人。项羽是霸王，却也为了虞姬辗转不得。更深夜长，在项羽与刘邦决战的前夜，楚歌声声刺耳，声音悠远而突兀，惊彻了虞姬，也成了项羽千秋霸业的梦魇。

自古红颜为君生，为君死。虞姬虽是女子，却也有男子的英雄气概，为了不妨碍项羽顺利突围，她选择了自刎以绝后路。而她临死前则为项羽留下了一首悲凉的诗歌："汉兵已略地，四方楚歌声。大王意气尽，贱妾何聊生！"

虞姬是善意的，她知道项羽的担心，所以她要项羽毫无负担地前去作战，于是她在年华正好时举剑自刎，一缕香魂就此消亡。

虞姬自尽，本是为了夫君能心无旁骛地冲出重围，东山再起。却不料情深义重的项羽也自刎于乌江河畔，以谢天下。对于他这样意气用事的做法，宋朝女词人李清照表示惋惜，写下诗词哀悼："至今思项羽，不肯过江东。"

项羽和刘邦的差别便在于一个是帝王之才，一个是英雄之料。刘邦在他的《大风歌》中感叹道，"安得猛士兮守四方"。

刘邦清楚，他之所以能得天下，全是仰仗着这个乱世的好时机还有自己并不算太差的运气。而项羽比起刘邦来，就少了许多谦逊和卑微。骄傲自满的他认为天下都是自己的囊中之物，故而，他从未把刘邦放在眼里，故而，他预见不到日后的败局。

　　项羽行军打仗期间，原本聚拢在他身边的一帮能人志士渐渐走的走、死的死，以至于到最后，项羽几乎是在孤军作战了。无法聚拢人心也是项羽失败的原因之一，而刘邦深谙招揽贤士之道，他不但会拉拢能人为其效力，还会四处挖墙脚，很多怀才不

遇的项羽的部下到刘邦帐下后得到重用，为他们的旧主子项羽挖下了后来的墓坑。

关于楚汉之争的得失，自古以来一直是人们争论不休的焦点之一。众说纷纭之中，项羽和刘邦的拥护者都不在少数。项羽之败，并非败在他个人身上，而是他不会运用智慧调动整个团队的力量。作为政治舞台上最后的胜利者，作为大汉帝国的开国皇帝，刘邦显然比项羽要高出一筹，在权力的掌控和运筹帷幄上，刘邦明白群众的力量是强大的。所以，虽然刘邦有时候无情无义，有时候卑鄙无耻，更有时候不讲信誉，但关键时刻，刘邦懂得运用他手中的筹码为自己谋划。这也就是刘邦能在群雄竞逐的纷争中取得天下的原因。

项羽有着"匹夫之勇"和"妇人之仁"，该断不断，反受其乱；而刘邦则是"无毒不丈夫"，这两个人都可以称为英雄，也都可以算得上是人杰。只是项羽更适合为一名猛将，而刘邦才有帝王之才。

其实想来，世间之事大抵也便是如此，看似公平，却又不尽公平。如果刘邦能将项羽收入旗下，或许这两位英雄又将演绎出世间不同寻常的一幕大戏，但历史不能讲求如果，在残酷的现实面前，项羽和刘邦只能在他们所赋的歌词声中，渐行渐远。

一统天下，重建朝纲

汉高祖刘邦大概算得上是古今中外的帝王天子们中最为烦恼的一个了。

环境变了，秉性却是难易。刘邦高坐殿上，君临天下。龙椅之下，那帮当年出生入死追随他打下江山的兄弟，如今衣冠楚楚地站在前面对他行礼。这个场面应当是隆重而激奋人心的，然而汉史中记载，刘邦不甚满意。

跟随刘邦打天下的大部分是武将，这些草莽出身的将士一跃成为国家肱骨，但他们对于礼仪的修养知之甚少。所以，刘邦的殿堂之上，大多数时候是吵吵嚷嚷，不讲规矩，甚至有些人会为了芝麻小事在上朝的时候动起手来。这让刘邦如何接受？

虽然刘邦自己也没有读过多少书，但既然坐上了龙椅，国家就需要清正的朝纲，使朝堂井然有序。在秦始皇统一中国、建立秦朝的时候，曾经设立过一套宫廷规范制度，但刘邦早在推翻秦朝的时候就将之废除。如今，面对一帮毫无规矩的武将，刘邦迫切地需要一个人来为他排忧解难。这个人就是叔孙通。

宰相萧何深知礼仪的重要性，他为刘邦推荐了叔孙通。叔孙通先后几次易主，在追随刘邦之前，还多次跟随其他人打天下，但最终因为才能得不到施展，而辗转投到了刘邦麾下。叔孙通跟随刘邦，可谓经过了一番挑选，刘邦身上的痞子气息令书生气十足的叔孙通逐渐明白了这个世界需要什么样的主人。

虽然叔孙通眼光独到，但是痞子毕竟是痞子，一个世界的主

卷五　未央往事且随风

宰者不但需要智慧的头脑，还需要一套能威震八荒的朝仪。直到穿上龙袍、接受百官朝拜，刘邦的身份才彻底焕然一新。

当初他带领兄弟们打天下，一起拼杀，一起在夹缝中求生，自然不分彼此。但而今他已坐拥天下，成为帝王，兄弟们就再也不能与他称兄道弟。一朝为君，一朝为臣，有些原本以为永不会变的关系，便会悄然转变。

从兄弟到君臣只有一步，而这种改变需要一个人提点，这个人就是叔孙通。之前的叔孙通毫无作为，只是刘邦身边一个小得不能再小的角色。有张良等人的光芒遮掩，即便他使出浑身解数，也无法引得刘邦的注意。但国家对礼仪制度的要求，使得这个儒家弟子从幕后走到了台前。

和当初在马背上过的日子相比，皇宫里的生活实在是太复杂、太让人眼花缭乱，这些转变都使得那些从沙场上退下来的将士们一时之间无所适从。于是叔孙通希望用

先秦简易的儒家礼仪来规范皇家章法，提高皇家尊严，从而使得那些目无法纪的臣子们尽快学会如何以礼行事。

中国自古以来就有"礼仪之邦"的美誉，但这些礼仪并不是一蹴而就的，早在西周时期朝廷就有了专门"制礼作乐"的部门，但一直发展到战国，国家朝仪才日益规范完整。在叔孙通的一番努力之下，汉初国家所需的礼仪变得愈加完整和成熟。

叔孙通将孔子之道融会贯通进生活之中，他将礼仪制定好后，刘邦却担心应付不来。毕竟他是个粗人，万一礼仪太繁复，他自己出错，岂不是要贻笑大方。

叔孙通告诉刘邦一切无须担心，他已经成竹在胸了。叔孙通将礼仪给刘邦演练了一遍，刘邦觉得还可以接受，于是叔孙通便去训练群臣。两个月之后，刘邦在朝堂之上得到了一种前所未有的满足，因为那一刻，他才觉得自己真正成了帝王。

看着群臣排列成队，井然有序地上朝进谏，刘邦知道这才是他想要的效果，叔孙通借着孔子的名号为自己的仕途打开了一条金光大道。汉武帝时期的董仲舒罢黜百家、独尊儒术，比起叔孙通的礼仪之法而言，远没有那么深入人心。凡事礼为先。在讲究礼仪的中国古代，叔孙通可谓功不可没，而之后的刘胜更是用礼仪之法逃过一劫。

汉武帝时，诸侯王所要遵循的国礼十分繁复，说话吃饭坐卧就寝都有一套讲究。中山靖王刘胜是汉景帝朝受封的王爷，他喜好饮酒，偏爱歌赋。刘胜封王的那一年，正逢七国之乱，他亦不幸被牵连其中，很久都未被重用。为了保全性命，也为了更好地生活下去，刘胜一直等待着面见帝王的良机。终于，汉武帝继位后大宴群臣，他便利用此次宫宴面圣的机会，对刘彻动之以情，晓之以理，利用说话时的礼仪逃过一劫。

宫宴上，群臣赏舞正欢，刘胜却忽然闻乐而泣。汉武帝奇怪地询问缘故，刘胜便将内心感言发表了一番。

> 今臣心结日久，每闻幼眇之声，不知涕泣之横集也。夫众煦漂山，聚蚊成雷，朋党执虎，十夫桡椎。是以文王拘于牖里，孔子厄于陈、蔡。此乃庶之成风，增积之生害也。
>
> ——刘胜《闻乐对》（节选）

行走在刀尖上的刘胜开口便将自己放在一个卑微无比的位置上，令汉武帝不禁对他的境遇心生怜悯。接着，他又反复地诉说自己终日惶恐的心情，不断强调自己无意蹚入"七国之乱"的浑水中，但造化弄人，他无法置身事外。每日想到这个心结，再看看幼小的儿子，他便没来由地悲伤哭泣。

当汉武帝被他的凄苦处境感动的时候，刘胜便口风一转，开始为自己接下去的求情铺路。

> 臣身远与寡，莫为之先。众口铄金，积毁销骨，丛轻折轴，羽翮飞肉。纷惊逢罗，潸然出涕。臣闻白日晒光，幽隐皆照；明月曜夜，蚊虻宵见。然云蒸列布，杳冥昼昏，尘埃布覆，昧不见泰山。何则？物有蔽之也。
>
> ——刘胜《闻乐对》（节选）

刘胜表明虽然自己远离是非，但是众口一词，足可以令他死上千万回，所以他面对这种无力扭转的局面，除了苍天可鉴，毫

无其他澄清的办法。

刘胜的一番说辞有理有据，占情占理，不但将自己的归隐之意讲得入木三分，还将别人意欲加害于他的心思描述得惟妙惟肖。放之今日，刘胜定然是一个辞令出色的社交家。

刘胜的一番话令汉武帝打消了杀他的念头。高祖时，叔孙通通过制定礼仪改变了朝纲混乱的局面；此次，刘胜利用礼仪逃过了生死一劫。

刘胜并未直接跪求汉武帝，而是借机会哭泣，引起汉武帝的同情，让他有足够的耐心听自己的解释，然后在文辞中将原因讲清楚，同时也将求情的话顺带说出。君臣社交之礼被刘胜运用自如，只要寻到合适的时机，达成目的简直如探囊取物一样。

刘胜之后被放回封地，安度余生，如果他没有得体的谈吐，只怕早已经身首异处了。有时，命运给予你的，想躲也躲不开；有时，一个拐弯之处，便又是一番天地。

巨丽上林，天子气焰

司马相如原名司马犬子，蜀郡人。史记载，因其"慕蔺相如之为人，更名相如"。汉景帝朝时，他也曾在朝为官，后来随梁孝王去了梁园。从中央投奔地方诸侯，个中因由与枚乘十分相似，都是不愿被为官之琐事束缚住那颗年轻的、渴望创作的心。汉景帝一心治政，不爱辞章，相如惊天之才无处施展，只得落寞转投他方。梁孝王是懂辞爱赋之人，在"梁园"的日子里，司马相如与一众文士把酒言欢，同舍而眠，感情日笃。数年之中，他著成《子虚赋》一篇。此赋在当时骚体赋当道的文坛上并不显著，直到汉武帝读之，拍案叹曰："朕独不得与此人同时哉"，司马相如才运气蓬转，得以侍驾御前。

《子虚赋》作成后不久，梁孝王病卒，梁园文人四散，司马相如孤身前往蜀地投奔好友。在那儿，他邂逅了一位曾有来世之约的前生故人——卓文君。相如抚琴，文君沽酒，二人伉俪情深，在蜀地度过了一段快乐而闲散的日子。而后新皇武帝登基，雅好辞赋的他一眼就相中了相如之赋，激赏的同时，立刻宣此人入朝侍奉。

在长安的日子，司马相如除却伴驾，其余时间都过得既风光又惬意。这不仅是因为那篇专美于圣前、名噪一时的《子虚赋》，更因为另外一篇神来之笔——《上林赋》。初入宫闱之际，刘彻曾问《子虚赋》是否他所作，司马相如拱手作礼，毫不谦逊地回答"有是。然此乃诸侯之事，未足观也。请为天子游猎

赋，赋成奏之"，提笔挥就了这篇千古名作。

　　君未睹夫巨丽也，独不闻天子之上林乎？左苍梧，右西极，丹水更其南，紫渊径其北。终始灞、浐，出入泾渭，酆、镐、潦、潏，纡余委蛇，经营乎其内。荡荡乎八川分流，相背而异态。东西南北，驰骛往来，出乎椒丘之阙，行乎洲淤之浦，径乎桂林之中，过乎泱漭之野。汩乎浑流，顺阿而下，赴隘狭之口。触穹石，激堆埼，沸乎暴怒，汹涌澎湃。

　　　　　　　　　司马相如《上林赋》（节选）

　　此篇辞赋乃是紧承《子虚赋》而作，后世将《子虚赋》《上林赋》并称为《天子游猎赋》。较之枚乘的《七发》，《上林赋》有继承亦有发展，其中"对君主劝百而讽一""极尽铺张之能事"两点，更成了后来汉大赋的行文典范。

　　《上林赋》用无数浓墨重彩的辞藻渲染天子上林苑的浩大声势。司马相如下笔万端，一个挑眉，一个翻腕，便是一场淋漓尽致的游猎景象；一个吐纳，一口清茶，又成就一幅巨丽上林的奇景胜状。赏月观舞之时，千人歌唱万人应和，挥斥而平六合，策马而收八荒的天子气焰在他笔下一一呈现。

先后陆离,离散别追,淫淫裔裔,缘陵流泽,云布雨施。生貔豹,搏豺狼,手熊罴,足野羊,蒙鹖苏,绔白虎,被豳文,跨野马。陵三嵕之危,下碛历之坻,径峻赴险,越壑厉水。推蜚廉,弄獬豸,格虾蛤,铤猛氏,羂騕褭,射封豕。箭不苟害,解脰陷脑,弓不虚发,应声而倒。

　　　　　司马相如《上林赋》(节选)

《典论·论文》曾有教诲："诗赋欲丽。"至少在汉代，为赋者，不丽不美。而这篇巨丽之文，究竟欣羡凋零了多少才子的年华，这是个问题。下笔无端，一蹴而就，结构却罕见的整饬华美，句式更是灵活多变，长短交错，令人读之热血沸腾，沉闷顿消。

《上林赋》的主题十分明显，诸侯国的所谓"游猎盛况"与天子上林田猎之景相比，可谓黯然失色。大汉国力正处于蒸蒸日上的时期，民心所向，乃在未央。勤政为民、英姿勃发的大汉天子与精神贫乏、只知荒淫享乐的诸侯，谁胜谁负，自见分晓。乱世之内，敢于冒险的英雄夺得天下；治世之中，勇于承担的智者赢得人心。《上林赋》中所体现的民族自豪感、张扬奔放的个性、积极向上的活力，都成为后世难以企及的巅峰。

司马相如的《上林赋》并非刻意承《七发》而为之，但两者之间，有太多继承与被继承的痕迹。《七发》中有"游涉乎云林，周驰乎兰泽，弭节乎江浔。掩青苹，游清风。陶阳气，荡春心。逐狡兽，集轻禽"，《上林赋》中便有"于是乎背秋涉冬，天子校猎。乘镂象，六玉虬，拖蜺旌，靡云旗，前皮轩，后道游；孙叔奉辔，卫公参乘，扈从横行，出乎四校之中。鼓严簿，纵猎者，江河为阹，泰山为橹。车骑雷起，殷天动地"。都是移步换形的写法，都是骈散结合，整饬有序。若说枚乘在言语之间还带着骚体赋"乎兮之于"等发语词的痕迹，司马相如便是彻底开启了汉大赋短促有力、奔腾跳跃的句式格局。

天子校猎，雕镂华美的龙辇缓缓而出，六匹以美玉装饰的神骏马匹在前，霓虹般流光溢彩的旌旗紧跟在后，孙叔亲驾马车，卫青携弓伴驾，侍卫整齐有序却又不失灵活地分布在射猎部队之中,肃穆庄严的仪仗队伍以皮鼓相庆,紧随大队前行。百兽被围于宽阔长河里,皇帝龙御泰山,登顶俯瞰猎场。士兵的脚步声与马车声,声声如雷震。排兵布阵之后,再分开来各自射杀百兽。

汉武帝善骑射,爱诗书,笃黄老,喜女色。后人于是误以为此帝荒诞昏庸,只知游戏享乐,人品下流。其实,刘彻只是一个有雄心壮志的男人。他渴望征服,但万金之躯怎能御驾亲征?上林骑射,成了他最喜欢的郊游活动;他渴望精神世界的满足,但每每感发意志即兴为诗,总是不及周围文士之万一。他酷爱读诗赏赋,企图在别人的文章中找自己的人生;他渴望将这太平盛世永远延绵下去,但人生非金石,他岂会不知道神怪欺人。他会赴东海求药,只因他真的不想老;陈阿娇并非他真心所爱,他爱的又早早离他而去,能与他长相厮守的女子本就寥寥。说是淫靡,不如说能与刘郎偕老之人,少之又少。

这些话,刘彻不能说、不能诉。他坐拥天下,讳莫如深本就是他应付出的小小代价。所以不要指责他穷兵黩武,不要说他为了满足自己的欲望才无止境地扩疆拓土。"文景之治"是为了什么?不就是为了这一天吗?不就是为了把本该属于华夏子孙的领土一寸寸征讨回来吗?生活在那个时代的人,应该为此而感到自豪,而不是去声讨君主的作为是不是暴虐,是不是灭绝人性。

盛世帝王,又有哪个不是经历了灭绝人性的际遇才千古流芳的?天子游猎的盛况,是刘彻应得的奖赏,司马相如的《上林赋》只有描摹不出的地方,绝对不会违心去编造。江山一统的豪气干云,便从这《上林赋》开始,久久涤荡未央。

卷六　悲欢功过谁人道

生命有许多种选择,这些人将赌注压在了人世之道上,他们有着内心的清明和崇高的自我追求,也有着隐晦难言的苦衷。就好像世人对他们的看法、赞许还是误解都不重要,待到水清如许,自是一切清明。

东观续史，赋颂并娴

两汉历史，恰似一座生机盎然的树林。林中不光有身经百战的铮铮"古松"、风流倜傥的春日之"柳"、温文尔雅又坚韧不拔的离离"青草"，更有争相盛放、芬芳吹遍的美丽鲜花。在山花烂漫处，更有一株舍弃了胭脂香味，从容淡定、自尊坚强的海棠。她安静地开放着，不笑不语，却胜过他人千言。她就是东汉女子——班昭。

才女班昭，曾有《东征赋》《女诫》等诗文传世。她是诗人班婕妤的侄女，更是《汉书》著者班固的亲妹妹。这样说不尽准确，应该说，《汉书》这部著作，由班固与班昭共同完成。汉和帝永元四年（92年），班固冤死狱中，《汉书》却尚未脱稿。班昭压抑着丧兄之痛，续笔编纂了"八表"与《天文志》，才使得这部惊世之作得以流传至今。

班家书香门第、枝繁叶茂，是东汉有名的诗礼之家，富裕显贵，人才辈出。班昭兄长班超更奉皇命镇守边疆，护国土安宁，可谓光宗耀祖。然而，一离开家园就是三十年之久，年逾古稀的班超希望在有生之年落叶归根，故冒死上奏，请求卸甲归乡。但奏疏一走三载，朝廷中却半点音讯也无。班昭亦深深思念着兄长，担心他年纪老迈，体力不支，于是不顾礼教以女子之身上呈了一封奏疏，求汉和帝准兄长班超回家。汉和帝读后为之动容，下令派遣其他武将驻守边疆，以接替班超。

> 妾窃闻古者十五受兵，六十还之，亦有休息不任职也。缘陛下以至孝理天下，得万国之欢心，不遗小国之臣，况超得备候伯之位，故敢触死为超求哀，乞超余年，一得生还，复见阙庭，使国家永无劳远之虑，西域无仓猝之忧，超得长蒙文王葬骨之恩，子方哀老之惠。
>
> 班昭《为兄超求代疏》（节选）

这是班昭《为兄超求代疏》的最后一段，言辞恳切，丝丝入扣，足见作者把握文字的能力、驾驭语言的才情。这就是一流文人的修养，即使历经岁月变迁，那种与生俱来的气质也会如沉香之香一般经年不散。

班氏家族数代为官，忠心报国。汉成帝时有女班氏被选入宫中为婕妤，得皇帝宠爱却不骄纵，令太后赞不绝口。班昭的两位兄长，一位被任将军驻守边疆，一位修成汉史声名远播，作为家中小女，班昭从小便立下了"研读经史、属文传世"的志向。

很快，班昭便有了这样的机会。相传《汉书》著成后，一时洛阳纸贵。但因书中使用的言辞佶屈且古奥，少有人通，皇帝特准班昭入宫授讲书意。圣上钦点的帝师，这岂非天大的殊荣？即便是班昭的姑姑，中国历史上第一位女诗人班婕妤，也从未受过此等礼遇。传说班昭入宫讲学时，连大儒士马融也跟随学习。其后，把持朝政的邓太后更曾与班昭坐而论《汉书》，对她的才华十分欣赏。

东汉朝廷最大的祸患便是外戚专权。汉殇帝年仅百日便被抱上龙椅，又不过半载便龙驭宾天。继位的汉安帝也是不及弱冠的孩童，朝政都把握在后宫邓太后与邓氏一族的手上。大将军邓骘乃邓太后长兄，战功赫赫，常年监国，代皇帝处理政事，后因老母去世，请回乡丁忧。太后拿不定主意，怕兄长离去后邓氏在朝中的地位会有所下降，便去征问班昭。

后宫御花园的石子路上,太后与班昭一前一后,缓缓行来,两人一位雍容华贵、满面愁容,一位衣着朴素,满身的书卷气,气质自华。太后将自己忧心之事娓娓道来,班昭听罢,不慌不忙地弯下身,环臂行了个不卑不亢的礼,又正了正衣襟,方道:"太后可曾读过《论语·里仁篇》中孔圣人对礼的教诲?孔子说:'能以礼让为国,于从政乎何有?'就是说如果能用礼让之道治理国家,那么国家纷繁复杂的政事便不会那样难以抉择了。将军如今百战百胜备受世人敬仰,此时归乡隐退,正是最佳时机。若还留恋朝廷中的富贵权势,只怕哪一日行差踏错,一世英名便付诸东流了。还望太后三思,恩准将军之请。"

太后心中蓦地就清明了。清明之后,便是争相涌上的后怕。若她真的强留兄长在此,无论她邓氏一族有没有这个心思,外戚祸国的罪名,她是背定了。一瞬间,她看班昭的目光温柔且钦佩起来。

班昭曾于不惑之年作过一篇名为《女诫》的文章。全文包含卑弱、夫妇、敬慎、妇行、专心、曲从、叔妹七篇,每一篇都是在限制与约束女性的言谈举止、品德行为,更要求女性无条件顺从丈夫。以今人的观点,这当然是一部践踏女性尊严,理当罪责的荒谬之文。

班昭在《女诫》的第一段中写出了作此文的原因——"但伤诸女方当适人,而不渐训诲,不闻妇礼,惧失容它门,取耻宗族"。意思是说自己家中的女子已到了出嫁之龄,却无半分能为人妇、人母的自觉。不肯聆听师长的教诲,更不懂得做妇女的礼仪,她生怕这名女子会因此而辱没了宗族颜面,于是才作文章以教之。

但有趣的是，班昭的女儿在当时早已出嫁，家中小姑也已子女成群，那么班昭所言的这个"女子"，究竟是谁呢？我们不妨联系历史，当是时，太后辅政，外戚专权，后宫中多少世家妃嫔蠢蠢欲动。而班昭正是在这些年里数次出入宫闱。如此玲珑剔透的女子，怎会看不出其中的蹊跷？这篇文章，她原是为后宫那些企图兴风作浪的世家女子而作。碍于自保，只得曲意幽深地以"自家女子"称之，实在是用心良苦。

此女懂礼数知进退。先是助帝王重臣晓《汉书》，又直谏太后免邓氏专权之难，最后以《女诫》警醒后宫不得干政。太后常常想，班昭她若是个男子，必可成就一番事业。转念又想，女子又如何呢？吕氏不也曾与高祖共治天下吗？能成大事的，不光有男子，更该有像班昭一样的巾帼红颜。于是从那时起，班昭开始奉命参与国事，甚至一些决策。

一个男子能求得的，也便只有如此了。班昭的一生，并未同她两位哥哥一样，受过塞外风沙、狱中逼供的苦楚，只是晚年随其子离京远行，赴职上任时，被沿途的民事乱离，惊了心扉。

> 惟永初之有七兮，余随子乎东征。时孟春之吉日兮，撰良辰而将行。乃举趾而升舆兮，夕予宿乎偃师。遂去故而就新兮，志怆悢而怀悲！
>
> 明发曙而不寐兮，心迟迟而有违。酌罇酒以弛念兮，喟抑情而自非。谅不登樔而椓蠡兮，得不陈力而相追。且从众而就列兮，听天命之所归。遵通衢之大道兮，求捷径欲从谁？乃遂往而祖逝兮，聊游目而遨魂！
>
> 班昭《东征赋》（节选）

惆怅太阳将逝，树林又要归于岑寂。信步来到田野边，却看到农民还在地里忙碌。远处小城坐落在丘墟之上，城墙爬满了茂盛的荆棘。一切都是她在京都从未见过的景象，她竟不知民间生活是这样的劳累。

其实汉安帝一朝天下尚处承平之岁，诗中班昭虽感叹农民求生之难，但大量的语句还是用来追思逝去的先人圣贤，并从中悟得"身既没而名存"的道理。曹丕说："盖文章经国之大业，不朽之盛事。年寿有时而尽，荣乐止乎其身，二者必至之常期，未若文章之无穷。"文人发愤著书，其书流芳百世，著书之人便成为圣贤。班昭能悟得此道理，作成此赋，是她才学过人，也是即将转衰的汉朝带给这名女文人最直接的感伤。不是班固那种浓烈的痛，也不是司马迁那种浓烈的怨愤。在我看来，女子的情愫从来唯美清浅，那是因为千百年来的压抑，女人们早已学会了怎样封存自己的忧伤。

班昭古稀而逝，太后素服以哀之。这女子的一生，没有惊艳的容貌，不喜姑娘家最爱的胭脂容妆。就像山野间美丽却不与众花争芳的素色海棠，没有百合的浓香，没有牡丹的浓妆，没有幽兰的孤傲，没有杜鹃的喧嚣，从容淡定得令人咋舌，却又让人忍不住一看再看，一赏再赏。

士不遇时，登临洒泪

世上能写出传世美文的文人，通常都是历史的看客。他们或被统治者当成歌功颂德的工具，或被当成政事闲暇时博君一笑的俳优。真正能得到重用，为国家的发展出谋划策者，写出的文章大多缺乏文学性，既艰涩难懂又枯燥无味。这一规律，在中国文学史上屡试不爽。若真说有谁是例外，汉武帝时期的董仲舒，应算一个。

建元六年（前135年），长陵突降天火。董仲舒一边日夜不眠地观测星象，拿龟壳占卜皇朝命数，一边加紧撰写奏章。奏章言天火乃天降汉武帝之惩罚，并劝诫汉武帝减少骄奢、兵伐之

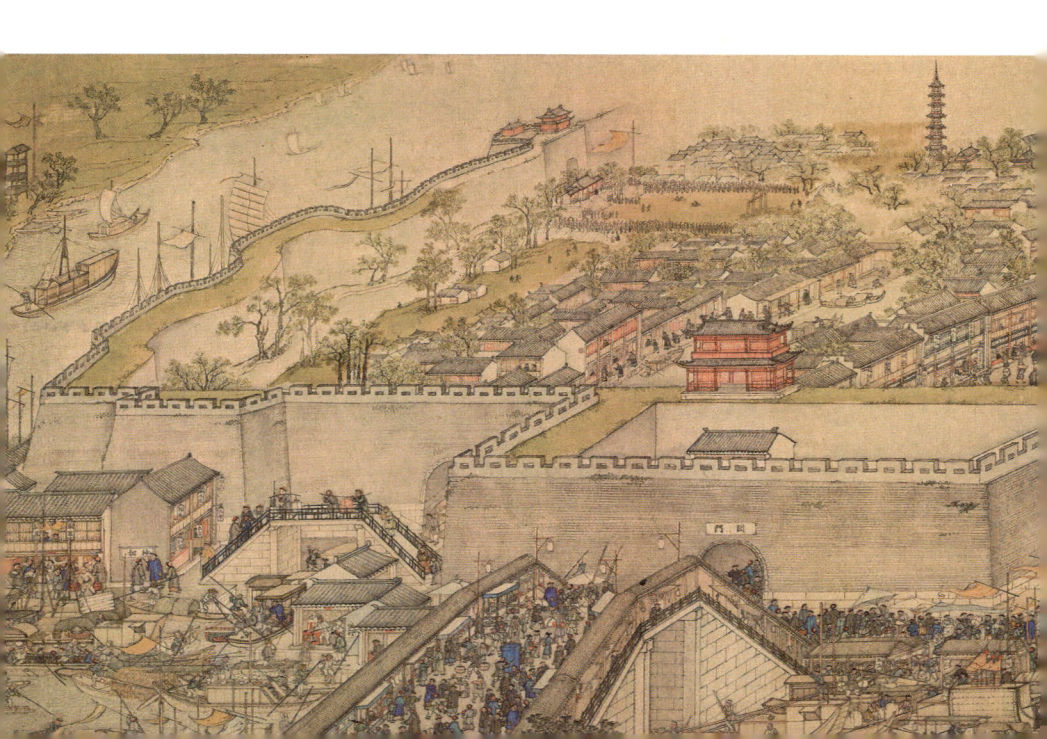

事，其实真正目的是想引起未央宫的重视，将自己的"天人三策"说发扬光大。

董仲舒的奏折草稿被人提前上呈天听，谁知汉武帝读后大为恼怒，下令将其收押，要治他大不敬之罪。后又因汉武帝实在欣赏他的才华，最终免去死刑，只罢免了官位。这次牢狱之灾，让董仲舒再不敢说灾异之事。他一心要宣扬的"天人三策"之想也就此付诸东流。昔日风光已成云烟，董仲舒深知花无百日红的道理，且经此一役，汉武帝未必肯再对他委以重任。在官场的黑暗沼泽中，半步行差踏错不仅一世英名尽毁，还会殃及家人朋友。前思后想，他决定急流勇退。

能在告别仕途生涯后，平安回到家中的文人十分不易。一家团圆，天伦共享的日子令董仲舒的心平静下来。不再想那些浮光掠影间的英雄梦，不再执着于未央宫上那暗绣龙纹的玄色衣角停

驻。垂钓，去看波光粼粼的湖面上，青色大鱼跃出水面的样子；踏青，感受万物重生，听小草破土而出的脆响；著书，案前的墨香不如江都易王府的好闻，但总有种让人安心的奇妙作用。他的《春秋决狱》，他的《天人三策》，还有执仗登山，一览众山小时忽有所感的《士不遇赋》。

  呜呼哀哉，士之不遇，混沌不开，花草蒙羞，虫鱼见弃，乡党见欺，妻子相离。
  呜呼哀哉，士也迷周，下积尘土，上负清霜，目陷泪横，潦瘰体羸。
  呜呼哀哉，士之不遇，屈子怀沙，贾生殇愁，陈王见弃，安石东谪。

董仲舒《士不遇赋》（并序）

  这篇《士不遇赋》是董仲舒晚年赋闲在家时所写，从赋词中可以感受到他洞悉官场，看透人世的感慨和豁达。叹一声苍天，何其邈远。生命忽然地到来，又乘着夕阳毫不眷恋地离我而去。时光如梭，儿时一起玩耍的同乡友人已经故去，为我担忧一生的妻子也与我永别。悠悠苍天，如何能让我不心生迷惘，我已届古稀，只能悲伤于自己的生命即将走到尽头，这具残破的身体经过风霜洗礼，已再禁不起半分波澜。就像屈原与贾谊，得不到重用，只好一个投江明志，一个远走他方。我一生追逐，不过云烟浩渺间那一丝璀璨金芒。我以为世上最独一无二的东西，抓到手中，却只是一缕阳光。就这样吧，留在家中的老翁是不会惹出祸患的，就让我足不出户，度过我仅剩的时光吧。

凭滚滚之长江兮，以吊先生。望东海之汤汤兮，登竭石而泪枯。空斜风之悲戚兮，乱囡萋之草木。临飒飒之萧风兮，立奇石以穷目。玄黄乎其天地兮，何颠倒之于世？沮三岁之食贫兮，悲七岁之离愁。斯非行之不逮兮，终日月其德流。

董仲舒《士不遇赋》（节选）

  立于长江边上吊唁屈原，董仲舒认为自己和屈原一样难遇贤主，故而登碣石洒泪，望向滔滔江水，独自悲嗟哀叹，恨不得将天地间所有可以形容哀苦的词语都拿来用。草木凄惶，秋风萧瑟，独自一人站立在石头上，犹如天地间的一个孤独个体，这个世界在他的眼中完全颠覆。悲伤逆流而下，将他湮没其中，唯一永恒沉静的，便是头顶的日月更替，岁月流转。董仲舒此文充满了阴郁和不可抗拒的悲剧色彩，那是一个老者对这个世界的不舍，对另一个未知之境的恐惧，那情感浓烈，令人为之动容。

  怎么能舍下滚滚红尘？当年在家乡破旧的明堂中讲学，虽然挂了那张帷幔，却无论如何也割不断他与红尘的纠葛。他放不下名利，放不下生命。他是孔子门中的学生，当以入世匡政为己任，即便举世弃他如敝屣，他也义无反顾。但岁月催人，他再没了年轻时的雄心壮志，只愿远离纷扰喧嚣，重新找到生命的本真。创作，令他压抑的心得以解脱，令他奔波数十载、疲惫不堪的身体得到休憩。睡梦中，他是化作蝴蝶的周公，醒来，却又忘了自己曾梦见的场景。

  天马行空，肆意畅想，董仲舒从写辞作赋中获得极大的满足感。他将时代赐给他的苦难全部用写作的方式还给了时代，他感

慨盛世不遇，他感叹造物弄人，他更为同自己一样不得志的文人悲伤、唏嘘。

彼桀纣之猖猖兮，弃三贤以幽昧。以彼八百之强盛兮，尚慕群芳以扶周。何诸侯之昌被兮，除椒兰以险隘。既安之于四海兮，去众芳以霸世。鸾凤轩翔之踟躇兮，乌雀啾啾于庙堂。鸾兮叹，凤兮沮，草木零落兮枝相獠。虬兮吟，螭兮去。四海汤汤兮不复还。

董仲舒《士不遇赋》（节选）

董仲舒在赋中感慨道：虽然四海之内皆为王土，但是因为真理难以存在，而让他感到安身之难。庙堂之高，无法祈盼。但愿放之四海，自由地离去，是最好的结局。就好像草木的零落一样自然，董仲舒希望自己可以天涯海角，一去不复还。

前104年深秋，董仲舒去世了。儿子将他送到长安城外的陵园安葬。一次，汉武帝策马路过，闻得董仲舒埋葬于此，他微微皱眉，勒马停伫。玄色袍裾拾级而上，陵园内松柏森森，鸟语花香。他在墓前站了好一会儿，然后开口，说了句话。只是声音太小，连近身侍从也没有听清。

皇帝离去了，陵园又恢复了寂静。一只喜鹊飞到墓前，啄食上供的糕饼。忽闻墓中传来痛哭之声，喜鹊受惊，扑棱着翅膀飞走了。那的确是人的声音，仔细去听，除了哭声，那人好像还在说话。反反复复，只那一句。

才高八斗，不得自由

"煮豆持作羹，漉菽以为汁。萁在釜下燃，豆在釜中泣。本是同根生，相煎何太急？"

曹植的一生，就融成这一首诗和一副棺椁。

曹植，字子建，乱世奸雄曹操之子是汉末建安文学集团里最出色的诗人，也是史上唯一能与李白、苏轼相比较的天才文人。

曹植是曹操最疼爱的儿子。曹操的幼子曹冲本来也天赋极高，但不过十三岁就夭折了。曹操心痛之余，便将给幼子的爱都放在了曹植身上。这名少年从出生起就有一种让人想要保护的忧郁气质，同为诗人的曹操对此十分欣赏。成年后，曹植一篇《登台赋》，更令曹操惊艳不已，甚至不禁生出立他为太子的念头。

立嗣当立长，这条不成文的规定从春秋战国沿袭至今，虽时有意外，但大方向从未改变。曹操长子曹昂早年死于战乱，家中第二年长的，便是曹丕。而曹植虽然才华过人，但到底年幼，曹操的心思便没有说出口。他决定观望几年，等自己真的老到不得不立嗣时，再做打算。

这一等，就等来了"夺嫡之乱"。

兄弟生隙的起因，是一名女子。江南大小乔，河北甄宓俏。曹植第一次见到甄氏，还是建安九年（204年），是在父亲攻打袁绍，胜利还乡的队伍里。那年，曹植只有十三岁，出征大军归来，他与一众朝臣以及曹家年幼的兄弟都静候在城外恭迎。战车辚辚，整齐的队伍中，出现了一辆妇人乘坐的马车，分外突

兀。曹植知道，车里坐的是袁绍之子袁熙的发妻，是个雅好诗章、贤德善良的姑娘。即使邺城与关中远隔千里，他也曾听闻此女于灾年开仓周济难民的事迹，心中早已仰慕。于是，他偷偷歪了头去看缓步从车上走下来的倩影，即便他原是不该看的。

"其形也，翩若惊鸿，婉若游龙。荣曜秋菊，华茂春松。髣髴兮若轻云之蔽月，飘飖兮若流风之回雪。"那女子美的，就如同他经年累日常挂在心头的英雄梦想。

爱美之心，人皆有之。曹植心仪的，曹丕亦然。二八佳人却早早经历人事离殇，堂前望月的孤单背影，愈发楚楚可怜。曹植站在回廊的另一头，很想走上去同她说点儿什么，迈出的步子还未落地,一件披风已然披在甄氏身上。曹植认得那披风,那是年初兄长曹丕生辰时,他亲手赠予的珍贵雪狐裘。当时他淡笑一声转身步入回廊阴影,却不知慢了这几步,便要蹉跎他一生。

甄氏成了曹丕的妻,曹植的长嫂。后来曹操病逝,曹丕建立魏国前,杀掉了她。甄氏的死,成了曹植心中永远的痛。

魏国黄初三年(222年),曹植受召前往京师,述职后归还封地鄄城,经过洛水之滨,忍不住停下来欣赏这里的自然风光。心情是郁闷的,风景却太美,太像他梦中的仙境。信步走在将夕阳裁成缕缕金线的林中,他又想起了父亲病卒前拉着他的手,说的那些话。抬起头,他忽然看到水边站了一个样貌姣好的女子。他忙拉着车夫问:"你看那是谁?"车夫望去,继而疑惑道:"那里并没有人啊。"

那里当然没人,那只是曹植的梦。只有他自己能看见。

其形也,翩若惊鸿,婉若游龙。荣曜秋菊,华茂春松。仿佛兮若轻云之蔽月,飘飖兮若流风之回雪。远而望之,皎若太阳升朝霞;迫而察之,灼若芙蕖出渌波。秾纤得衷,修短合度。肩若削成,腰如约素。延颈秀项,皓质呈露。芳泽无加,铅华弗御。云髻峨峨,修眉联娟。丹唇外朗,皓齿内鲜。明眸善睐,靥辅承权。

曹植《洛神赋》(节选)

车夫说,这洛水之畔住着一名洛神,从没有凡人见过她,也许公子见到的就是洛神娘娘吧。当时,曹植神思恍惚,见那女子款摆着秾纤合度的身体朝他遥遥一拜,带笑的唇角娇媚动人。明

眸皓齿，蛾眉弯月，云髻高耸，唇红齿白，顾盼多姿，美得不可方物，也美得太像一个人。曹植焦急地迈出一步，那声呼喊几乎就要破喉而出。那是他迟了半生的呼喊，他不敢再迟疑，然而眼前之景却在此时生了变化。

如梦般的女子轻轻转动洁白修长的颈项，黛眉轻蹙，明眸顾盼，樱唇轻启，缓缓与他道："人神终有别，你我虽然都在最好的年龄，但却无法相守相伴。"说罢，泪眼迷蒙，又不忍失礼人前，只好举起长袖遮住双眼，但香泪还是湿了衣衫："曾经我们离得那样近，如今却要永远分别，我只能以这细微的温柔来表达我对公子的爱慕，我只能以明珰来作为永久的纪念。公子的梦虽然碎了，但我却会永远记挂着公子。"说完诀别之词，女子缓缓沉入湖中，再无处可觅。

曹植跟跟跄跄跌地坐在地上，仿佛被抽光了所有快乐的灵魂一般，对这世间的一切再不眷恋。终于明白，他爱的不是西北大漠，不是长嫂甄氏，更不是洛水之神。他爱的，是已然破碎在眼前的自由之梦。

自小就被困在关中，长大些又被困在邺城。如今，又将永远被困在封地。不是没有反抗过，《白马篇》中写"少小去乡邑，扬声沙漠陲"，他自小就是渴望挣脱家族礼法束缚的。欣赏甄氏，是羡慕她小小年纪就能开仓赈粮，那救济无辜百姓之举，无异于横扫匈奴的游侠。"七步成诗"为他换来了生命，却换不来他想要的自由人生。自由，那是他向往了一世的美梦，如今，却只能是向往了。

陈思王以公子之豪，下笔琳琅。无论是早殁的甄氏还是神话中的洛神，都是曹植渴望在乱世中建功立业、扬名天下的理想缩影。当兄长继位，不肯放他自由，他知道自己的美梦终于破碎了。于是写下这篇《洛神赋》，祭奠与自己擦身而过的自由。身为胞弟，他在夺嫡之战中败给了兄长；身为儿子，他曾在父亲病榻前许诺，凡事以国为重；身为皇子，他还有自己封地的子民要治理。只有身为诗人之时，才能获得片刻的宁静。

听兄长的话。那是曹操留给他的嘱咐，寄托了一个乱世奸雄对长子的保护和对他的歉疚。既然终要有人寂寞，那便让他来做这个人吧。反正，他也没什么可以失去的了。

惜哉文帝，位尊减才

每个人都说曹丞相家的二公子诗词歌赋无一不精，政事军事天下事无一不晓，实在是难得的人才。曹丕也不明白，为什么他已经这样努力了，却还是比不上曹植。

从小曹植就跟在他身边，他去哪儿，这胞弟就跟到哪儿。长大后父亲招揽了一批举世闻名的文人聚集到邺城，包括他十分欣赏的王粲、刘桢、阮瑀，前后不下百人。那时曹丕还年少，刚刚成亲，每日与众文士相伴饮宴狩猎，斗鸡走狗。

曹植从来听话，不让他独自出门，就安安分分待在家中；不让他在父亲面前太过显眼，就鲜少再在大型的酒宴上吟诗作赋。可曹丕还是不放心，曹植的才气随着年龄的增长愈发盖过他，就算明明他才该是最强的那个。

父亲对曹植的喜爱与日俱增，长时间的压抑与不满令曹丕内心充满了阴暗，他有着曹家人所没有的毅力和野心，在乱世中这是他胜利的决定性力量。他可以温润如玉，也可以冷酷似冰，这些都是他作为一个当权者所必须有的本领。然而作为一个文人，他内心柔软，没有表面上那样无情，他的内心反而更加容易受伤，而这些，他都写进了他的赋词和诗作里，那里，才是他敢于表达的空间。

漫漫秋夜长，烈烈北风凉。展转不能寐，披衣起彷徨。彷徨忽已久，白露沾我裳。俯视清水波，仰看明月光。天汉回西流，三五正纵横。草虫鸣何悲，孤雁独南翔。郁郁多悲思，绵绵思故乡。愿飞安得翼，欲济河无梁。向风长叹息，断绝我中肠。

曹丕《杂诗》

秋夜漫漫，风凉如水，在夜不得寐的时候，起床独自彷徨，待到露水沾湿衣裳，才意识到时间已过去大半，头顶的月光流转四溢，虫鸣声悲切难当，还有那孤独南飞的大雁，让人忧郁哀伤，想要渡河却苦于没有桥梁，对于故乡的思念只能向风倾诉，以表我的愁肠。

但曹丕的这种愁肠始终没有得到父亲曹操的重视，直到建安十三年（208年）的赤壁之战。

建安十三年（208年），曹操亲率八十万水军下江南攻打孙刘联军。大军临行前，曹丕最敬重的文臣，太中大夫孔融被杀，曹丕悲痛万分，但作为长子，他必须在父亲征战时担负起守护邺城的重任。时值寒冬，邺城又闹灾荒，曹丕下令开仓赈粮，朝中大臣认为灾荒根本没有想象的严重，又欺他年幼，许多事都不肯配合。他心中焦虑，既怕百姓受苦，又怕辜负父亲的期望，数十日里，几乎夜夜无眠。妻子甄氏时常抱着两岁的小曹叡陪伴在他身边，一伴就是整夜。那时的曹丕，才二十二岁。

夜不能寐，他披衣下榻，信步走到城外河边。河水东流，岸上草木萧瑟，不见人影。一阵风吹来，吹透了轻薄的衣衫，吹进他烦乱的心中。身后传来极轻的脚步声。曹丕自幼善于骑射，对声音十分敏感，他立刻戒备地握紧双拳，回过头，却是妻子甄氏捧了暖裘站在身后。被他发现了，她也不行礼、不说话，走上

来，默默为他披上衣服，温柔一笑。曹丕望着妻子绝美的笑颜，忽然想起自己当初也是这样为她披上披风，不禁亦跟着笑了。心事纷繁，他握着妻子的手慢慢地往家中走去。回到书房，提笔写下一篇忧伤动人的七言诗。

秋风萧瑟天气凉，草木摇落露为霜。群燕辞归鹄南翔，念君客游思断肠。慊慊思归恋故乡，君何淹留寄他方？贱妾茕茕守空房，忧来思君不敢忘，不觉泪下沾衣裳。援琴鸣弦发清商，短歌微吟不能长。明月皎皎照我床，星汉西流夜未央。牵牛织女遥相望，尔独何辜限河梁？

曹丕《燕歌行》

香草美人的寓意，总是备受乱世文人的青睐。《燕歌行》的写法颇类似张衡的《同声歌》，以女子思君之苦喻自己在政治中遭受挫折。文章写得忧伤又优美，不似建安文学的"悲壮雄浑，梗概多气"。曹丕身为丞相嫡子，鲜少上马征战，他见到的多是乱世百姓所受的痛苦，还有不被父亲信任、不被朝臣尊重、不被曹植当作文坛敌手的哀伤。所以他的诗中，便少了那么几分将军扬刀立威的霸气，也少了那么几分曹植的才气。对曹植这个弟弟，他已经不知该怎么对待才好了。

当灾荒终于过去，曹丕以为可以松口气的时候，一生征战、未尝败绩的曹操却一身狼狈地逃回到邺城。原来带去的八十万大军也大半折于敌手。当与曹丕素来交好的大司徒赵温，为曹丕的抗灾之功请赏时，便被病榻上头痛难忍的丞相怒斥了回来："抗灾护民，是监国之人应做的，说什么奖赏，不怕天下人耻笑吗？"

曹丕忽然觉得，无论自己怎么做，都是错的。于是这一时期曹丕的辞赋中，"秋风"出现的次数频繁起来。或许只有当秋风吹起落叶，他内心的彷徨才能找到抒发的对象。他总爱寄情于秋风，希望秋风能到达那个他永远无法企及的远方。

建安十六年，上西征，余居守，老母诸弟皆从，不胜思慕，乃作赋曰：

秋风动兮天气凉，居常不快兮中心伤。出北园兮徬徨，望众墓兮成行。柯条憯兮无色，绿草变兮萎黄。感微霜兮零落，随风雨兮飞扬。日薄暮兮无惊，思不衰兮愈多。招延伫兮良从，忽踟蹰兮忘家。

曹丕《感离赋》

建安十八年（213年），曹操挥师东吴，却再次铩羽而归。这年清明，他领着曹丕、曹植和一众家眷，在阔别七年后首次回到亳州老家祭祖。沙场征战苦，但乡愁也时时压在这位汉朝丞相的心头。他命众子各为一赋，不得有违。

曹丕苦思良久，案上的竹简却还是滴墨未染。这世上最令人挫败的，就是无论你怎样绞尽脑汁、想破头颅，写出的东西还是比不上才高八斗之人的一挥而就。

他想唤甄氏来为他煮茶提神，出门却看见树上两只百灵鸟正在追逐嬉戏，求偶而鸣。长子曹叡躲在树后，软嗓喊着"母亲我在这儿，你快来抓我"。不远处的石子路上，甄氏以绢蒙眼，些微踉跄地往前慢挪。暖风轻拂，万物回春。那女子已过二八年华，嘴角的笑容却半分不减当年的绝色。曹丕盯着那抹笑容许久，方转身回到屋中，悉笔濡墨，作《临涡赋》："荫高树兮临曲涡，微风起兮水增波，鱼颃顽兮鸟逶迤，雌雄鸣兮声相和，萍藻生兮散茎柯，春水繁兮发丹华。"

曹丕的《临涡赋》流传至今，曹植的那篇同名之作却似乎被遗落在了历史的某个角落中。后人不知道的是，其实那日甄氏与曹叡玩捉迷藏的时候，曹植也远远望着，发呆了很久。随后，他便将手中写好的辞赋撕毁，随手丢弃。

求什么呢？父亲的赏识？还是那高处不胜寒的皇位？曹植一生所求，不过洛神一笑罢了。只要能令她幸福，他还有什么可争的。

建安二十二年（217年），曹丕被立为魏王世子。被封太子的三年中，他曾作《典论》一书，其中《论文》篇被视为中国历史上第一个文学自觉的标志，备受后世推崇。

曹丕在这篇《论文》中提出，文人之间互相比较才学、文笔，互相嫉妒、不屑的现象乃是自古有之。其后又以邺下文人集团中几名出色的有才之士为例，论证少有能兼备多种文体的文人。"建安七子"一词，便来源于此文中曹丕的列举。应该说这篇文章在中国古代文论史上的地位十分显眼，可与文学史中曹植的《赠白马王彪》《洛神赋》比肩。当可见得，曹丕并非无才，只是被父亲和胞弟遮住了锋芒。

延康元年（220年），曹丕袭丞相位，受皇命匡扶社稷。同年十一月，皇帝禅位丞相，丞相三次推脱不肯接受，直到月末才被迫受禅登位，改元黄初，大赦天下。登位后，曹丕追尊父亲为武皇帝，庙号太祖。曹操不敢做的事，他的儿子最终帮他做到了。

次年六月，甄氏殁。曹丕立后郭女王，封曹叡为平原王。封弟曹植为安乡侯，徙河北。建安那些年的往事，终归岑寂。曹丕的心从此封存，再也作不出好诗。

黄初七年（226年）五月，魏王曹丕驾崩于洛阳皇宫。

惜哉魏文，空有天资文藻，一朝称帝，位尊而才减；空有横槊之能，不得建沙场之功。作为史上除却李后主外最会写诗的皇帝，曹丕的一生令人津津乐道，却也实在令人羡慕不起来。

卷七　宦海浮沉终归去

宿缘有着强大的命运暗示，很多男人一直无法看透，在官场中摸爬滚打，却始终无法识破各种奥妙，也有人归隐山林，保持最后的晚节。一切都只是开始，却也是结束。这些男人最终的选择便是为官、离去。这是无法绕开的命运陷阱。

木秀于林，风必摧之

翻看汉初文学，有一篇用词讲究、逐句雕琢的散文，突兀地出现于一众通篇论述、说理的奏疏中，那就是贾谊的《过秦论》。以亡秦之过，叹兴衰之感。汉文帝之时，无论是朝廷还是地方的文士都处在战国末期文学与两汉文学的变革之中，尤其是在中央，常有奏疏、论文以陈亡秦之暴来隐喻当时社会流弊的例子出现。

贾谊在撰写《过秦论》时正蒙盛宠，我们能从他的这篇气势跌宕起伏、言辞声情并茂的论文中感受到他对当时政治的忧患意识以及积极的入世精神。

隳名城，杀豪杰，收天下之兵，聚之咸阳，销锋镝，铸以为金人十二，以弱天下之民。然后践华为城，因河为池，据亿丈之城，临不测之渊，以为固。良将劲弩守要害之处，信臣精卒陈利兵而谁何……然陈涉瓮牖绳枢之子，氓隶之人，而迁徙之徒也；才能不及中人，非有仲尼、墨翟之贤，陶朱、猗顿之富；蹑足行伍之间，而倔起阡陌之中，率疲弊之卒，将数百之众，转而攻秦；斩木为兵，揭竿为旗，天下云集响应，赢粮而景从。山东豪俊遂并起而亡秦族矣。

贾谊《过秦论》（节选）

  贾谊在这篇以政治目的为先的散文中使用了大量的史实，用排比和夸张的手法让读者的心随之跌宕摇摆。先言秦朝集天下贤能之士，揽九州可用之兵，自以为能保子孙万世之业。接着却笔锋一转，写陈胜以一介草莽之躯揭竿而起，天下受秦之苦难者云集响应，秦国瞬间灭亡。始皇万世之心与二世而亡的强烈反差、六国之强与陈胜、吴广之弱的鲜明对比，从极奢到极简，穷形尽相，虽未辅以华丽辞藻的渲染，亦可见贾谊之惊世才华。

  然而，从统治者的角度出发，此文忽视了文学的审美性。与唐代杜牧所作的《阿房宫赋》相比，《过秦论》更重说理明道，文学爱好者读之不免乏味。由此也可以看出，即便是在汉代初年，文学与政治依然是那么密不可分。这也是汉初"政治"文学与汉朝鼎盛时期纯文学的区别所在。

  值得注意的，还有贾谊另外一篇名作《论积贮疏》。在这篇上呈天听的奏疏中，他分析了国家连遭大难却难以抵御灾祸的原因，对帝王、诸侯放任百姓休养生息却不储备国家钱粮，反

而过度奢侈的行为给予否定。论证条理分明、例证充分，且具有较强的文学性。文中精彩片段如："今背本而趋末，食者甚众，是天下之大残也；淫侈之俗，日日以长，是天下之大贼也。残贼公行，莫之或止；大命将泛，莫之振救。生之者甚少，而靡之者甚多，天下财产何得不蹶！"

贾谊用他忧国忧民的心设想兵灾旱灾侵袭时"人相食"的状况，认为"汉之为汉，几四十年矣，公私之积，犹可哀痛"。他认为，如果国家并未储备足够的粮食，可能造成一系列灾难发生时的措手不及，以至于酿成更大的灾祸。

贾谊并不笃信鬼神，他辩证地看待各种天灾人祸，提出"世之有饥穰，天之行也，禹、汤被之矣"。接着顺势提出问题，连用排比句式为自己的观点例证："即不幸有方二三千里之旱，国胡以相恤？卒然边境有急，数千百万之众，国胡以馈之？兵旱相乘，天下大屈，有勇力者，聚徒而衡击；罢夫羸老，易子而咬其骨。"其句式整齐，虽不见汉大赋之润色华美，但纵横捭阖，以气势服人，颇有战国纵横家之遗风。最后贾谊提出"夫积贮者，天下之大命也"的观点，也就是这篇奏疏的主旨。

此文虽短小，在句式与排比方面却已颇具

汉赋格局，对汉大赋的形成产生了一定的推动作用。

　　这两篇文章正是贾谊在人生最得意的那几年，提出的改革时弊的政治主张。

　　木秀于林，风必摧之。弱冠之龄便专美于御前的贾谊，在得蒙圣宠的同时，也失去了同僚之心。当汉文帝有意提拔他坐上国家中枢的公卿之位时，便遭到了一众老臣新贵的反对。贾谊被贬长沙，是这些守旧势力一手造成的，更是他"少年使才遭人妒"

的必然结果。他不懂得像司马相如那样隐藏自己的文人个性，就得承受和司马迁一样的屈辱下场。

如果说《过秦论》还是承战国遗风而作，那么贾谊在被贬途中创作的《吊屈原赋》，就是开启了汉代辞赋先声的作品。长沙之地千里遥，鸱枭鸣衡轭，豺狼当路衢。贾谊的心情，从大起到大落，贾谊的文章，也由此进入了"骚体赋"的时期。

骚体赋承《楚辞》而来，它为抒情而生，仿屈宋之笔调，抒异代同悲之感。《吊屈原赋》乃是一众骚体赋的先河之作，更是后人无法逾越的高峰。

屈原投汨罗江而死，湘水之畔，乃有英杰之魂魄日夜徘徊。贾谊途经此地，望着波涛汹涌、奔流而去的江水，望着两岸山间萧萧而下的落叶，潸然泪下。

  恭承嘉惠兮，俟罪长沙。侧闻屈原兮，自沉汨罗。造托湘流兮，敬吊先生。遭世罔极兮，乃殒厥身。呜呼哀哉。逢时不祥！鸾凤伏窜兮，鸱枭翱翔。阘茸尊显兮，谗谀得志；贤圣逆曳兮，方正倒植。世谓随、夷为溷兮，谓跖、蹻为廉；莫邪为钝兮，铅刀为铦。吁嗟默默，生之无故兮；斡弃周鼎，宝康瓠兮。腾驾罢牛，骖蹇驴兮；骥垂两耳，服盐车兮。章甫荐履，渐不可久兮；嗟苦先生，独离此咎兮。

贾谊《吊屈原赋》（节选）

  鸾凤不得双鸣，只能隐于深林，鸱枭却放肆地盘旋在高空。宦官专美圣前，谄媚小人起舞；而真正能辅佐君主的贤臣能士却无法立足。糊涂民众皆言卞随与伯夷乃滔天恶徒，却反以盗跖、庄蹻为廉洁楷模。又说莫邪宝剑要比铅刀粗钝许多。惊天之才无处施展，圣人屈原死得那般幽怨。

  这哪里是在感怀先人之难，分明是要痛骂汉文帝身前那些谄谀之徒，抒发自己无辜被驱逐的苦闷。贾谊用自己的心去映照屈原的情，两情相遇，无限忧伤。而同时，骚体赋与《楚辞》的不同之处，也在此赋中有所体现。

  《楚辞》凡十六卷三十余篇，皆言末世之衰，抒生离之苦，是凝聚了时代哀伤的浪漫。而骚体赋形成于西汉国力蓬勃上升时期。即便中原仍有被战火侵袭过的创伤，但承平盛世已近在眼前，汉初人民的人生观、民族自豪感又与屈原时期迥异。故贾谊虽遭谗言被贬，却仍心怀抱负，这一情怀体现在赋中便有了"凤

凰翔于千仞兮,览德辉而下之。见细德之险征兮,遥曾击而去之。彼寻常之污渎兮,岂能容夫吞舟之巨鱼?横江湖之鳣鲸兮,固将制于蝼蚁"之言。

贾谊年轻,有少年才子之傲气;西汉年轻,有静候"来日方长"的勇气。可正是因为两者都太过年轻,心中充斥着"舍我其谁"的叛逆戾气,最终只有相对无言,相视无语。三十三岁,贾谊身死在令他魂牵梦萦的长安。因为年轻,他早早地抛弃了时代;因为年轻,时代早早地将他抛弃。

依隐玩世，诡时不逢

孰知其不合兮？若竹柏之异心。往者不可及兮，来者不可待。悠悠苍天兮，莫我振理。窃怨君之不寤兮，吾独死而后已。

东方朔《七谏·初放》（节选）

仿照《楚辞》所作的长诗《七谏》充满了士不遇时的忧伤。写这首诗的人，名叫东方朔，是西汉时期的名士。汉武帝初登大宝时招揽贤才，他上书自荐。当时没有宣纸，写字都用竹简，他总共用了三千卷竹简才将内容写完。汉武帝读了两个月才读完了这些竹简。君王扶额感叹一声："真是个有抱负有个性的贤才啊！"，便令他在公车署等待召见。

自荐书中，东方朔说自己生得英俊高挑，唇红齿白，又有勇有谋，忠义果敢。诗书与兵法各读了二十二万，足够陪王伴驾使用。那年汉武帝十六岁，东方朔也只有二十二岁，都是年少轻狂的云中之龙，只是一个长在金銮殿，一个生在百姓家。汉武帝愿意日日有他陪在身边，却又从不肯给他爵位。真应了那句话，仙草本是同根生，前生缘分今世冤。

东方朔出身平民，司马迁却对他十分欣赏，将他编入《史记·滑稽世家》。"滑"音古，"滑稽"也并非今日之意，而是作"言辞流利，正言若反，思维敏捷，没有阻难"之解。司马迁后又称东方朔为"滑稽之雄"，极言此人才华横溢，善于巧辩、反讽。

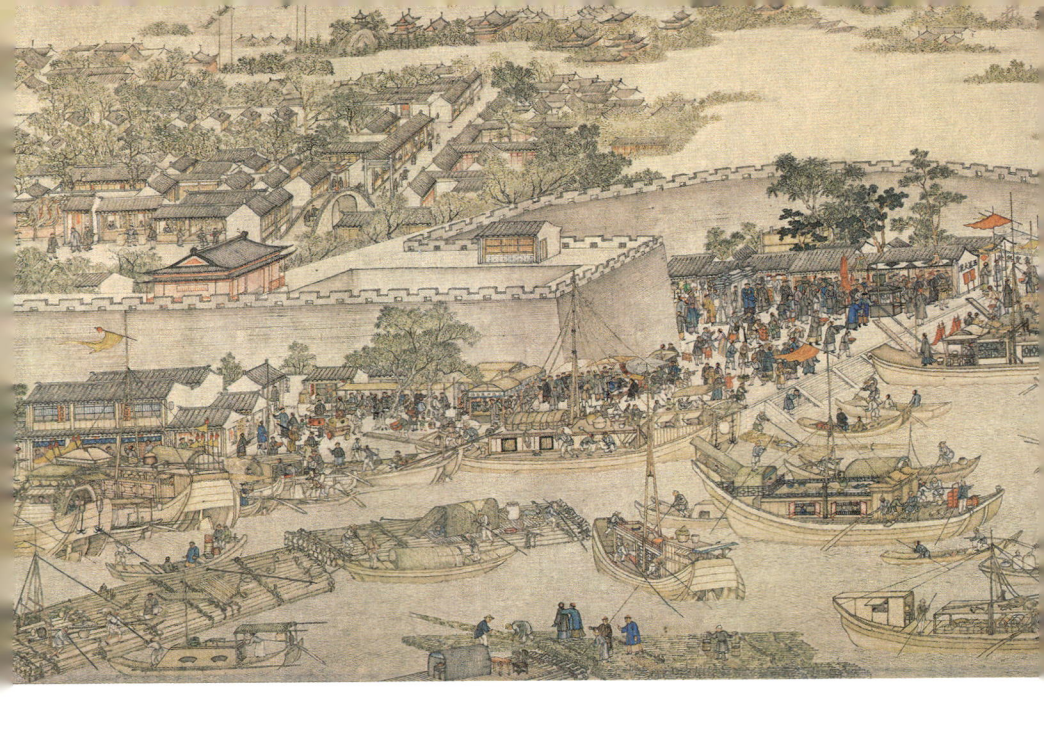

《史记》中记载了一句十分值得推敲的话："数召（东方朔）至前谈语，人主未尝不说也。"说的是东方朔被召入朝为官后，汉武帝对他的才华十分欣赏。每次召他入宫伴驾，君臣问答数次，汉武帝从未生过气。

史书中，汉武帝乃是霸气十足、目中无人之主，随侍在侧的上到诸侯、下到内监乐师，无一不战战兢兢。东方朔区区一介文人，如何能拿捏住这极微妙的分寸令龙颜大悦呢？

巧就巧在东方朔的性格上。平民入宫陪王伴驾在汉代十分常见。汉赋四大家中，汉武帝时的司马相如、汉成帝时的扬雄、东汉时的张衡都曾侍君殿前，他们之中却无一人能做到令"人主未尝不说"。但东方朔不同，他以自荐书而显名，汉武帝因赏其书中夺人的气势而将他纳入宫中。东方朔出言幽默，常逗得汉武帝捧腹大笑。然而，捧腹笑毕，汉武帝仔细一想，便觉其言充满了深深的讽刺，每每欲怒而喝之，又思其能言巧辩之才、滑稽可笑

之态，往往哭笑不得，挥袖作罢。

世上就是有这种人，常拐着弯地说些你不爱听的话来讥讽你，你想杀他，却又舍不得他死，怕他一死，世上就再没有这样聪明、这样懂你的人了。

由此可见，汉武帝并非不能容人，只是能令他真心赏识的聪明人并不多见。司马迁为人耿直，不愿做鸿毛之人，可汉武帝眼中就是容不得他这样逆流而上的勇士。东方朔既非司马迁那样的直谏忠臣，也非司马相如那般会作溢美辞赋的文士，他是于这两者之间的独立的存在，令汉武帝杀之不忍、用之不愿、恨之难长、赏之难久。东方朔可谓将"滑稽"二字发挥到极致。

史载，汉武帝之时，天下能人异士来朝为官者不可胜数，人才便被淹没在其中，不得显贵。于是，东方朔便以《答客难》为自己和那些空有才华却不蒙圣宠的文人抱不平。

> 夫天地之大，士民之众，竭精驰说，并进辐凑者，不可胜数；悉力慕之，困于衣食，或失门户。使苏秦、张仪与仆并生于今之世，曾不得掌故，安敢望侍郎乎！传曰："天下无害，虽有圣人，无所施才；上下和同，虽有贤者，无所立功。"故曰：时异事异。
>
> 东方朔《答客难》（节选）

他先提出自己不能加官晋爵乃是因为皇帝身边能人众多，而并非因为自己没有苏秦之才，又说倘若让苏秦处在现在这个时代，只怕连更低微的官职也做不上，何况名扬天下了，继而引出"统治者不应随意抑扬人才"的观点："今世之处士，时虽不用，块然无徒，廓然独居……若夫燕之用乐毅，秦之任李斯，郦食其之下齐，说行如流，曲从如环；所欲必得，功若丘山；海内定，国家安；是遇其时者也，子又何怪之邪？语曰：'以管窥天，以蠡测海，以筳撞钟。'岂能通其条贯，考其文理，发其音声哉？"

旁征博引，信手拈来，言辞铿锵，掷地有声。难怪汉武帝愿意他陪伴左右。案前作赋的东方朔严谨专注，但生活中的东方朔，不修边幅，还曾因此招来众多朝臣的非议。《史记》上除却记载他反言正用的"滑稽"才能，更将他的"狂人"之态描绘得栩栩如生："时诏赐之食于前。饭已，尽怀其余肉持去，衣尽污。数赐缣帛，担揭而去。徒用所赐钱帛，取少妇于长安中妇女。率取妇一岁所者即弃去，更取妇。所赐钱财尽索之于女子。人主左右诸郎半呼之'狂人'。"

吃一顿饭，他能将吃不下的肉食揣在怀中带走，致使衣衫尽污,仪态尽失。皇上赐给他钱财,他就用这些钱做聘礼,迎娶长安城中年轻貌美的少女,娶过门没一年便休了再娶,最后将钱财都花在这上面。莫说闻道守礼的大臣了,在一般人来看,这不都是个"狂人"吗?

这与东方朔受到的道家影响密不可分。道尚无为,尚出世。汉末道学风靡时,曾有竹林七贤"越名教而任自然",袒胸露乳、放浪形骸,日日酩酊大醉。与之相较,东方朔的行为已经收敛不少。这是一种不拘小节的生活态度。道家自然超脱的思想,与儒家克己守礼的思想体现在日常生活中,的确是有很大差异的。汉武帝时道教尚未遍及中土,人们以之为怪,情有可原。

故而,所有人都认为他是狂士,便对其疏之远之,汉武帝却站出来淡淡地说:"令朔在事无为是行者,若等安能及之哉!"刘彻肯定了东方朔的才能,这是一个君王对臣子最好的奖赏。此时当知汉武帝始终不肯提拔东方朔,并非以之为俳优,乃是因此人身为道教门徒,入不了儒礼为尊的大汉朝堂。

东方朔本是戏外之人,却妄图去体会戏中的喜怒哀乐,嬉笑怒骂。模糊了界限,分明了感官。沾染了尘世的胭脂香,想唱主角,却连折子戏也不让他参与。形单影只地度日,浑浑噩噩地伴君。可见国盛时期,文人难做。司马迁忠君爱国,却遭大难;司马相如一腔报国热血,却被汉武帝当作歌功颂德的工具。而东方朔用老庄思想在夹缝中求生,终落得黯然离去的下场。这世上的文人,究竟是该进还是该退呢?

发愤著书，立世为人

司马迁在《报任安书》中说道："祸莫憯于欲利，悲莫痛于伤心，行莫丑于辱先，而诟莫大于宫刑。"汉武帝天汉二年（前99年），太史公司马迁因"李陵之祸"惨遭腐刑。然而，一身伤病与蔓延四肢百骸的恐惧没有击倒这坚强的男人，反而令他卧薪而尝胆，发愤而著书。最终，他完成了中华历史上最为耀眼的著作之一——《史记》。

著书完成后，他又为书写序。与别人不同的是，司马迁将序言写在了书的最后，称后序。如今翻开《史记》，抚摸那些被岁月斑驳了的文字时，人们都会想起司马迁为这每一篇、每一字而斑驳了的青春。

司马迁《史记·太史公自序》："夫《诗》《书》隐约者，欲遂其志之思也。昔西伯拘羑里，演《周易》；孔子厄陈、蔡，作《春秋》；屈原放逐，著《离骚》；左丘失明，厥有《国语》；孙子膑脚，而论兵法；……此人皆意有所郁结，不得通其道也，故述往事，思来者。"

他反复列举古时圣贤遭逢祸患，却奋发图强，最终成就经典的例子来论证自己的观点。说到左丘失明、孙子膑足的时候，他的手腕微微颤抖。当连串的四字句生于笔下，积压了半生的怨怒也随之喷涌而出。他还是无法以平常心面对那场飞来的横祸，因为自始至终，他从不认为自己为李陵求情之举，是做错了。

李陵之祸，起于汉武帝出兵西征大宛之时。因宠妃李夫人而显名于圣前的李广利被封为贰师将军，领命出征。三军未动，粮草先行。汉武帝本想将押运粮草之责交予飞将军李广之孙李陵。可李陵耻于做贰师将军的运粮队，策马来到宫前冒死抗命。汉武帝有感其英勇，令其率自家兵士直捣匈奴王庭。其年秋，李陵孤军深入出兵大漠，被单于主力包抄，激战直至一兵一卒后被单于俘获。次年，因杅将军公孙敖深入漠北，带回了李陵投降匈奴，助其练兵的消息。不知内情的汉武帝且怒且痛，下令诛李家三族。

　　作为同僚，司马迁与李陵"俱居门下，素非相善也"。然而作为史官，最重要的就是尊重史实。李氏家族自汉文帝时起入朝为官，忠心耿耿。李陵的祖父李广、叔父李敢都是名将。忠臣之后，家人又都在长安，怎么可能投降？所以当汉武帝就此事征询司马

迁的意见时，他勇敢地为李陵辩白。

可惜的是，盛怒中的刘彻根本就听不进去。这令司马迁痛心疾首，他曾在《报任安书中》怨恨自己"不能纳忠效信，有奇策材力之誉，自结明主"。其实这并非对自己无能的埋怨，而是对汉武帝不肯纳忠臣之谏的讽刺。这是一个敢于直面真相的忠臣，在为一个奋勇杀敌、宁死不屈的猛将求情。司马迁以赤子之心乞求刘彻的醒悟，乞求他不要让大汉朝失去李陵。

人固有一死，或重于泰山，或轻于鸿毛，用之所趋异也。司马迁冒死进谏，无论最终汉武帝杀不杀他，他都是一名勇士。他勇敢地面对被败仗激怒的皇帝，勇敢地反抗未央宫前一片谄媚

阿谀之声。他"年十岁则诵古文",自跟随父亲写史以来,父亲就告诉他:言必有据,是一个史官的生命。想做一个真实的人,可以像范蠡一样鲜衣怒马放逐江湖;想做一个成功的官,可以像司马相如一样卑躬屈膝。司马迁那样聪明,那样有才华,这两种人,他都可以做到。然而司马迁的伟大,就在于他一生都坚持去做一名忠诚耿介的官员。站出来为李陵求情的那一刹那,他不仅是一个官员,还是一名捍卫真理的勇士。

伤愈后,他并未颓废于自己的悲惨遭遇,反而更加坚定了早年"著书立传"的理想。少年时,司马迁经常浏览古文典籍,《春秋》《左传》《论语》都在他涉猎之内。任职太史公后,更是孜孜不倦地翻阅文献资料。二十余岁时,他曾远游百越、江南之地,寻访"楚汉之争"在书中所载的遗址。他长途跋涉,逢得一位经历了秦汉两朝的百龄老者,听老者为他讲述了当年秦始皇巡游会稽时发生的逸事。后来,他将这件事记录在册,写入了《史记》中:"秦始皇帝游会稽,渡浙江,梁与籍俱观。籍曰:'彼可取而代也。'梁掩其口,曰:'毋妄言,族矣!'"

司马迁极欣赏项羽,对项羽的每一个传闻,他都十分感兴趣。据说秦始皇君临天下,乘船渡江时,两岸百姓被要求聚在一起高呼万岁,其中便有项羽和他的叔父项梁。项羽自小便有霸王之气,远远看着船上秦始皇的样子,忽然开口道:"他是可以被取代的。"项梁吓坏了,立刻捂住项羽的嘴,叮嘱道:"不可以再说这种话,这是要被灭族的妄言啊。"就是这则小故事,将项羽的胆大与项梁的怯懦守矩显现出来,更为其后项羽称霸中原埋下伏笔。而就算只是这样一则不过数十字的小事,司马迁也力求真实可信。为史者,不能无一字无出处。这他对自己的要求。

前后共计十四载，司马迁完成了中国历史上第一部纪传体通史。《史记》横跨近三千个春秋，上至黄帝，下至汉武帝，力求"究天人之际，通古今之变，成一家之言"。司马迁为史上有杰出贡献的人物——立传，以"纪传体"的形式颠覆《尚书》《春秋》"编年体"的传统。在挑选入传人物时，他不再只专注于继承史家传统、润色汉朝鸿业，而融入了对自身遭遇的愤懑之情。所谓"发愤而著书"，他将自己的灵魂寄托在整部书中，使得笔下的每个人物都因此变得血肉丰满，令人过目难忘。

　　《史记》完成后，司马迁心中依然对自己的遭遇愤愤不平，啜饮着醇香的浓茶，就着屋外寂静的夜，沉吟良久，他又执起笔写下一篇"自悼赋"。

> 悲夫！士生之不辰，愧顾影而独存。恒克己而复礼，惧志行之无闻。谅才韪而世戾，将逮死而长勤。虽有形而不彰，徒有能而不陈。何穷达之易惑，信美恶之难分。时悠悠而荡荡，将遂屈而不伸。使公于公者，彼我同兮；私于私者，自相悲兮。天道微哉，吁嗟阔兮；人理显然，相倾夺兮。好生恶死，才之鄙也；好贵夷贱，哲之乱也。
>
> 　　　　　　司马迁《悲士不遇赋》（节选）

　　一百八十余字的"自悼赋"，与司马相如所作的鸿篇巨制无法相较。在这篇《悲士不遇赋》中，司马迁无一字描摹，无半句润色，仅以沉痛锋利的语言感慨有才之士生不逢时的悲哀。在以歌功颂德、表彰帝王鸿业为主旋律的汉武帝朝，这篇短小的骚体赋以遗世独立之姿，为后人争相称颂，它代表了盛世文人难能可贵的良心。

当统治者被奸党逸臣迷惑意志，从而善恶不分、黑白不辨之时，司马迁始终以清醒的头脑冷静分析眼前的一切。他能感觉到浮华背后隐藏的巨大危机，就像无底旋涡要将他吞噬。他有着百般恐惧，但也有着万分坚定。人生的路，与笔下的史书一样，每前进一步，都要仰不愧于天，俯不怍于人。

《史记》中蕴含许多积极向上的精神，如《项羽本纪》中项羽的英雄主义、《滑稽列传》中文人的积极入世、因始皇暴政揭竿起义的农民们拥有的反抗精神，都给后世人以极大的表率和鼓舞。翻开书本，细细品读因时间流逝而变得晦涩的字句，慢慢体味盛世英雄的一腔热血。一盏清茶，拱手为礼，敬这名光明磊落的英雄。

跌宕不羁，明哲保身

在秦末汉初群雄逐鹿的年代，风起云涌的中华大地上，一切都有可能发生。汉高祖以一曲《大风歌》笑傲天下，王子皇孙皆为尘土。西楚霸王力能扛鼎，却以乌江自刎结束自己的征途，换得后世无限唏嘘。那是一个英雄争霸的时代，不拘出身不拘手段，谁有本事谁有智谋，谁就有站上顶峰的机会。《史记》的传奇色彩为后世众多小说家争相效法，其来有自。

而东汉年间，朝廷上最精彩的便要数门阀间的尔虞我诈。数百个几代为官的世家在朝堂之上斗智斗法，兴衰沉浮。先有窦氏党同伐异横行长安，却在窦太后晚年树倒猢狲散；又有汉武帝托孤霍光专权，转眼间一人身死举家皆被株连。太平年间的历史的确是少了令人热血沸腾的元素，但班固为后人展现的宦海浮沉之景，读来却有一种别样的味道。

班固人如其名，对绳墨规矩十分固守。所以我们看到的《汉书》，行文工整，抒情有度，笔法精细，用词严谨，每一篇故事都有统一的叙事顺序，甚至每一类似的情节都有统一的叙事手法。且《汉书》鸿篇巨制、卷帙浩繁，每一次下笔都经过精心地资料收集、校对和作者对语词的反复推敲，这种精神为后世少有。

班固一生历经坎坷，曾于弱冠之龄忽逢父丧。夜半月冷，他怀念老父不能安睡之时，便只能以作赋来慰藉孤独的心。除却片尾的总括之语，全文通篇的七字句显现出他的严谨守矩。赋中所发的郁郁之情究竟是对仕途不顺的感慨，还是对家族落败的悲伤，我们不妨各持己见。

乱曰：天造草昧，立性命兮。复心弘道，惟圣贤兮。浑元运物，流不处兮。保身遗名，民之表兮。舍生取谊，以道用兮。忧伤天物，悉莫痛兮。皓尔太素，曷渝色兮。尚越其几，沦神域兮。

班固《幽通赋》（节选）

《幽通赋》，"幽通"二字，指与神灵相遇之意。"乱曰"则是《楚辞》中常见的总结性言辞，汉代作家常将之用在骚体赋的结尾段，意为"总之"。班固在此处用"乱曰"，乃因他接下来要抒发感慨，表明意志。天地之始，万物混沌蒙昧，皆立其性命。返归天地本心，唯有圣贤通晓，天地之元气保存身躯，能在死后留有圣名，舍生取义便是此道。为世间忧伤，平添痛苦，保持质朴的心性，不被污浊。如果人能预料到身后之事，也便离幽冥之所不远了。

在《幽通赋》的最后一段中，我们可以寻到班固对人生、命运的反思，这种反思中所蕴含的道理与道家思想有殊途同归之妙，这与班固早年研习黄老之学的经历密不可分。悲伤无处倾诉，他想以道家无为的思想使自己产生一种力量，与太过压抑的人生际遇抗衡。这种想法，听起来有些耳熟。原来，这也是司马迁作《悲士不遇赋》的初衷。

东西两汉的时代精神迥异，却成就了《史记》与《汉书》两部相得益彰的经典。乱世豪情伴着出征的号角声渐渐远去，家族

兴衰、人事变迁的画卷正徐徐展开。班固克服极大的困难去撰写这本继往开来的著作，虽然不是由他最终成稿，但他为之付出的努力有目共睹。

公元92年，班固因受将军窦宪密谋叛乱之事的牵连身陷囹圄。因人大加陷害，最终冤死在狱中。其妹班昭续写了《汉书》八表，后又经班昭弟子马续收尾整理，方成正果。

身系狱中之时，班固曾作诗《咏史》，纪念汉文帝时期一名献身救父的勇敢少女，也感伤自己此时无人搭救的境遇。

三王德弥薄。惟后用肉刑。太仓令有罪。就递长安城。自恨身无子。困急独茕茕。小女痛父言。死者不可生。上书诣阙下。思古歌鸡鸣。忧心摧折裂。晨风扬激声。圣汉孝文帝。恻然感至情。百男何愦愦。不如一缇萦。

班固《咏史》

汉文帝时期，临淄城中有一名小官淳于意，因触犯刑法要被押往帝都长安受刑。临走前，淳于意的五个女儿别无救父之法只能长跪而泣，他顿时觉得人生无望。小女淳于缇萦却在此时勇敢地站了出来，她与获罪的老父一起来到京城，当庭请愿，甘愿自己入宫为奴以赎父亲之罪。汉文帝听说此事，感叹道"夫刑者，至断支（肢）体、刻肌肤，终身不息，何其痛而

不德也！岂称为民之父母哉？"从此废除了肉刑，令父女团聚。从此，民间留下了"缇萦救父"的美谈。

　　班固的一生，跌宕起伏，让人有些难以理解。毕竟他是始终维护着皇家利益和自身安危的，而且从表面来看，班固并没有犯下什么不可饶恕的罪过，但是他最后依然难以逃过一死。

　　人生的发展，既让人感到满足又有些遗憾，或许这就是历史令人探索的地方之所在吧。

看破官场，归隐山林

东汉先有"光武中兴"，后有"明章之治，到汉和帝时国力达到极盛"，其后便一直处于动荡不安之中，政治灰暗，经济凋敝。从汉和帝起外戚掌权，至汉顺帝朝宦官当道，外戚专权，大汉已呈乱世之状。

> 我所思兮在太山，欲往从之梁父艰。侧身东望涕沾翰。美人赠我金错刀，何以报之英琼瑶。路远莫致倚逍遥，何为怀忧心烦劳。
>
> 我所思兮在桂林，欲往从之湘水深。侧身南望涕沾襟。美人赠我琴琅玕，何以报之双玉盘。路远莫致倚惆怅，何为怀忧心烦伤。
>
> 我所思兮在汉阳，欲往从之陇阪长。侧身西望涕沾裳。美人赠我貂襜褕，何以报之明月珠。路远莫致倚踟蹰，何为怀忧心烦纡。
>
> 我所思兮在雁门，欲往从之雪氛氛。侧身北望涕沾巾。美人赠我锦绣段，何以报之青玉案。路远莫致倚增叹，何为怀忧心烦惋。

张衡《四愁诗》

翅膀上沾了牡丹花粉的蝴蝶飞得摇摇晃晃，它努力地寻找，渴望有一处芦苇能供它歇脚。前方是一座小山，然而脚下是一条又宽又长的大河。河水湍急，河中无丘无沚，没有它停驻之所。飞不过长河的蝴蝶盘旋跌落，忽然化作美丽的女子，凭空立于水上，鞋履未湿半分。山下住着一名少年，他正坐在河边读《楚辞》，见到这奇景，不由得爱上了这位美人。他在岸边徘徊不去，痴痴地凝望着水中的丽影。他想赠给她些什么，表白自己的情意。于是他仓皇地跑回家中，揣上祖传的琼英美玉，又飞快地奔回河边。美人却已离开了。

不久，人们都在传在遥远的泰山上出现了一位神仙般美丽的女子，于是少年决定去泰山。可他怎么翻，也翻不过眼前的梁父山。翻不过梁父山，哪里还能上到泰山之上见那名美人？手中的琼英玉洁白而冰冷，就像少年此时的心境。

回环往复的曲调，郁郁难舒的心思，这首诗以《楚辞》之浪漫多情、《诗经》之反复吟咏、汉赋之整饬依韵，创造了前所未有的古代诗歌之美，开启了中国七言诗歌的新时代。"援琴鸣弦发清商，短歌微吟不能长。"人人都知曹丕的《燕歌行》，却不知《燕歌行》之前，已有《四愁诗》。

真正将美与理融会贯通的文学是盛唐诗歌。在长衣广袖的汉代，文学理论尚处于萌芽时期，瑰丽与批判很难在同一篇文章中相得益彰。事实上，两汉之中无人能走出"盛世瑰丽""乱世批判"的格局。

汉代辞赋文人中，将铺陈描写与批判说理结合得最好的当属张衡。张衡所处的东汉时期，文人经过西汉骈体大赋的熏陶，已经具备了对华美词句的把握能力。同时，国力开始衰退，文人思维逐渐从润色鸿业的大赋中解脱，开始关注现实社会。

"城阙辅三秦，风烟望五津。"张衡弱冠以前曾宦游三辅，

见识过秀丽江山的恢宏壮阔。山川河流源源不绝的生机令他眼界大开，其后所作的《二京赋》中的很多灵感都来源于这次远游。其后，他又"入京师，观太学，通五经，贯六艺"，太学中浩如烟海的书籍古典令他目不暇接，太学博士们的满腹经纶也令他心悦诚服。读万卷书，行万里路，当这两者都已被张衡纳入袖中，其所作诗赋情之深、理之切，当可想见。当时外患已平，社会生活稳定，荒淫奢靡之风日渐盛行。但美如青莲的人，自然是"从容淡静，不好交接俗人"的；文人赤子，自然是"有愤必抒，有乱必讽"的。

《二京赋》仿照班固的《两都赋》而成，分为《西京赋》与《东京赋》。通过主客问答的方式结撰成篇。张衡对此赋的爱，肯定不比他自己任何一项发明要少。每一句，甚至每个词，都经过细致反复地变换推敲，前后共用十载，巨著方成。赋中不但有对皇宫美轮美奂的描写刻画，更将这种刻画手法展现得灵活流畅，充满引人入胜的诗意。读来不仅有视觉之美，更富于音乐的享受："凤骞翥于甍标，咸溯风甫欲翔。阊阖之内，别风嶕峣。何工巧之瑰玮，交绮豁以疏寮。干云雾而上达，状亭亭以苕苕。神明崛其特起，井干叠而百增。跱游极于浮柱，结重栾以相承。累层构而遂隮，望北辰而高兴。"

张衡将他勤于创新的态度贯穿在这篇赋中，使得《二京赋》充满了前人未见的生机与新意。行文中，他尽量避免与《两都赋》有结构与选材的重合，比如移步换景的形式就从"回环往复"转变成为"由内到外再回到内"，大量三字句的使用也为文章增色不少。

汉顺帝时期正是大汉走向衰败的开始，诗人们对时政的敏感，使他们从西汉武帝起一直被压抑的忧国之情不断攀升，君主的高压政策也使得他们的目光逐渐从禁宫转向民间。此时的洛阳皇宫中人人噤若寒蝉，胆敢逆流而上者必遭小人暗算，张衡就曾深受其害。范晔《后汉书》有载："时政事渐损，权移于下，张衡因上疏陈事。后迁侍中，帝引在帷幄，讽议左右。尝问衡天下所疾恶者。宦官惧其毁己，皆共目之，张衡乃诡对而出。阉竖恐终为其患，遂共谗之。"

屡遭谗言的张衡心灰意冷，他终于明白自己一己之力无法扭转这王朝的命运。他日日买醉，在洛阳城中孤独落寞地闲居了一段时间。有一天，好友约他郊外踏青。正是仲春时节，天朗气清，惠风和畅，生机满满的草原以及郁郁葱葱的树林就呈现在眼

醉美诗书：美得令人心醉的汉代诗赋

前。无边的绿色让人心情平静舒畅，清新的空气，嫩草生长的样子令人精神舒缓。听着百鸟振翅，黄鹂鸣柳的灵动之音，张衡忽然悟了。

> 仰飞纤缴，俯钓长流；触矢而毙，贪饵吞钩；落云间之逸禽，悬渊沉之鲨鳙。于时曜灵俄景，系以望舒。极般游之至乐，虽日夕而忘劬。感老氏之遗诫，将回驾乎蓬庐。弹五弦之妙指，咏周孔之图书；挥翰墨以奋藻，陈三皇之轨模。苟纵心于物外，安知荣辱之所如？
>
> 张衡《归田赋》（节选）

他一生可望而不可即的美人，原来就藏在山水之间。他不再汲营于官场，也不再妄图与宦官奸党做斗争。他只想远离乱世尘嚣，寻一处赏心悦目的住所，日日聆听鸟声、风声，用绿绮琴和圣人之书来洗涤自己的灵魂。他决定以文章明志，以一颗澄净真实的心体味人生。

这是一种放下，官场中人体味不到的轻松心情。是"山气日夕佳，飞鸟

相与还",是"倾耳无希声,在目皓已洁",是"久在樊笼里,复得返自然"。

　　有多少天才被时代耽误了青春?有多少被时代误了青春的人能在山水间找回自己?多谢命运给了张衡那次走访三秦山岳的机会,那是昏暗乱世中小小的星芒,不能给人温暖,却能给人希望。

卷八　兴亡一梦终成空

只有洛阳城内的牡丹凋败,才能告诉世人王朝兴衰成败的真相。为一个王朝暮日叹息,也为大汉朝最后满目疮痍的背影痛心。

烽烟处处，哀号遍地

东汉末年，州牧割据。汉献帝徒有皇帝之名，却不能拯救苍生于水火，董卓被杀后曹操接替他的"衣钵"，挟天子令诸侯，东征西讨，使各地战火频发。南方有蜀、吴两国伺机而动，中原又逢连年饥荒。虽然各地仁侠之士并起救灾民，但因国家的目光不放在百姓疾苦而放在平定江山上，故民间"横尸路旁""易子而食"的悲剧有增无减。

中央集权日渐衰微，维护君王统治的儒家礼教也再没有汉武帝时的风光。随着封建社会的和谐面具逐步崩溃，人们开始思考人生、宇宙。曹操曾有《秋胡行》言老庄之语："天地何长久，人道居之短。世言伯阳，殊不知老。赤松王乔，亦云得道。"连国家实际的掌权者都哀叹岁月流逝、人生无常，可见老庄思想对建安时期社会的影响之大。

随着老庄学说的蓬勃发展，"玄学"理论也应运而生。同时，由于百姓渴望从苦难中得到解脱，佛学便有了相应的发展空间。儒、释、道三教并行，是汉末风云变幻、文学发展的大背景。在那段令人透不过气的日子里，天空中布满恐怖的阴霾，大地上的生物都仿佛被一层层死气包围。没有阳光，没有希望。

民生疾苦，士大夫们能做的却只有以诗祭奠。王粲的《七哀诗》将苦难写到尽头，也将无奈写到末路。诗中"出门无所见，白骨蔽平原"一句最令人不忍直视，也最能展现出末世凄惨的状况。但这样的惨剧，诗人无可奈何，只好"驱马弃之去，不忍听此言"。那是封建社会最丑陋的一面，为了成全他们征战逐鹿的野心，不顾那些惨死在夹缝中的黎民。

　　无数曾溢满欢声笑语的家庭支离破碎，丈夫被抓去打仗，马革裹尸；妻子日夜啼哭，泪尽而亡；尚且扶床而行的孩子更是被活活饿死。那是再华丽的骈赋也承载不起的悲剧，也许只有最朴素的民歌，才能让人领悟最深刻的伤痕。

　　妇病连年累岁，传呼丈人前一言。当言未及得言，不知泪下一何翩翩。"属累君两三孤子，莫我儿饥且寒，有过慎莫笞答，行当折摇，思复念之！"

　　乱曰：抱时无衣，襦复无里。闭门塞牖，舍孤儿到市。道逢亲交，泣坐不能起。从乞求与孤儿买饵，对交啼泣，泪不可止："我欲不伤悲，不能已。"探怀中钱，持授交。入门见孤儿，啼索其母抱。徘徊空舍中，"行复尔耳！弃置勿复道。"

　　　　　　　　无名氏《妇病行》

这是一首汉末的乐府古诗，通过描写一个家庭生离死别的悲剧，生动地展现出末世劳动人民在残酷的重压和剥削之下，苦苦徘徊在死亡边缘的生活现实。那是一个病危的妇人，道出她临终最后的乞求，乞求丈夫能在她死后好好对待苦命的孩子。丈夫无法做出承诺，因为末世之中无以为继，他根本没有能力去抚养这些早已被饿得精瘦的子女。但面对妻子含泪的双目，他又无法不做出承诺。

　　妻子病榻前的叮咛令读者潸然泪下，丈夫左右为难的选择又让读者心痛不已。丈夫的心便如此时的天色，一片迷茫。这些可爱的子女，有的会趴在他膝头央求他抱；有的会攥着他的指头咯咯灿笑；有的虽然还在咿呀学语，却最爱扒着他的衣袍喊父亲。每一个都是他的宝贝，他如何舍得丢下？

　　这就是末世光景，想改变的人无力改变，能改变的人却因自己的私心不愿费力去改变。为什么要打仗？每个统治者都说是为了和平。可真正为了和平的战役，在历史上又究竟出现过几次

呢？今日，就算没有这些记录乱离的诗作，统治者们也该以史为鉴：不顾及黎民百姓的战争，从没有胜者。

《妇病行》通过一个令人心寒不已的故事，将穷苦百姓贫病交加的生活状态栩栩如生地表现了出来。妇人病逝前消瘦的面庞、丈夫难忍的啜泣、孩子们天真的笑脸，所有的画面、声音交织成一张密密的网，再不需要任何抒情之语，再不需要任何景物描写，就足以让人领略到深切的痛苦。这正是汉乐府"感于哀乐，缘事而发"的艺术特色。

天下之大却无寸土安身。烽烟处处，哀号遍地。有人像伯夷、叔齐那样幽居深山，有人像陈胜、吴广一般奋起反抗。金戈铁马战死沙场，是否比在断垣颓壁中苟延残喘更有尊严？命运将这些苦难的人推至万丈悬崖边缘，让他们选择一跃而下九死一生，或是躲在崖上冻饿而亡。许多无辜百姓只能抱着那微乎其微的希望，跳进那巨大绞肉机般的军队。于是便出现了曹丕诗中"长戟十万队。幽冀百石弩"所描述的场面。武力造成的悲剧，只能靠武力来解决。但对于不懂武艺的平民来说，再勇敢的抵抗都是徒劳。

人类从来惧怕死亡，更多的人选择隐忍。一忍再忍、一退再退，最终退至绝境。

平陵东，松柏桐，不知何人劫义公。劫义公，在高堂下，交钱百万两走马。两走马，亦诚难，顾见追吏心中恻。心中恻，血出漉，归告我家卖黄犊。

无名氏《平陵东》

汉末战场血腥残酷，谁也不知道能否见到明日朝阳。汉末的衙门也同样卑鄙、肮脏。朝堂上有外戚宦官专权混淆视听，地方官府有贪官污吏横行霸道。他们使尽手段妄图榨干百姓身上最后一滴鲜血，从而令自己的荷包鼓胀。举头三尺有神明，高悬"公正廉明"牌匾的公堂之上，官员却令百姓交满百万银钱、留下马匹才可离去。而含冤受屈的百姓别无他法，只能卖了家中赖以生存的牛犊来凑钱赎身。

国之不国，民之不民，中原大地还有什么希望？从汉末乱世到隋唐盛世，中原百姓足足忍受了数百年的无望之苦。人民的生命被随意践踏，拥有正义之心的勇士都归隐山林。"战士食糟糠，贤者处蒿莱"，这是阮籍难以抑制的悲叹。遗憾的是，所有人都能看到这现实，却没有人能够改变。

尺素寸心,远行思归

> 青青河畔草,绵绵思远道。远道不可思,宿昔梦见之。梦见在我傍,忽觉在他乡。他乡各异县,展转不相见。枯桑知天风,海水知天寒。入门各自媚,谁肯相为言!客从远方来,遗我双鲤鱼。呼儿烹鲤鱼,中有尺素书。长跪读素书,书中竟何如?上言加餐食,下言长相忆。
>
> 无名氏《饮马长城窟行》

《饮马长城窟行》是十分著名的思妇诗,汉末曹操、曹丕、陈琳等人都曾借此古乐府题作诗。汉末,是五言诗发展的一个重要时期。建安诗人之中,"三曹七子"多有五言诗作,一时成风。这一时段的五言诗不似东汉前期脱胎于民歌的五言歌谣,不若盛唐被发展为近体诗的五绝。汉末的五言诗,有着自己鲜明的特征。而《饮马长城窟行》是其中很有代表性的一首。

汉代歌女长袖翩翩的舞姿漾起层层莲雾,雾气架出连绵的远山,天青色的城墙,山下迎风傲立的千年古松,松前泥坯土垒的水窟,皆残破不堪。歌声袅袅,描绘出遥远记忆中,故乡家中生锈的铁锅,破损的瓦罐,门前石板染青,桑树光秃秃的。一幕幕景象映入眼帘。

是雪,绵绵不绝的大雪铺天而来,打碎了那青青春草的美梦。是不带半点温度的雪,覆盖遮掩了丈夫出门时的脚印,也隔断了家中荆钗粗布的妻子对远方的思念。

她总是这样望着窗外，满怀希望地等待。日复一日，年复一年，她在循环往复的等待中黯然老去。她努力让自己不要忧伤，努力让自己不要期盼。但是苍天亦有情，谁能挡得住思念？入梦的，不是他的笑容，而是他的背影。可即便是背影，也只停留了短短的一瞬间。紧接着，就是他被淹没在刀山火海中，浑身是血的样子。

辗转难眠的凌晨，她只好望向远方蜿蜒曲折的山路，一面盼望，一面克制住啜泣。秋风吹起，海浪翻滚，当太阳再次冉冉升起，她仿佛看见路的尽头有人走来。眯起眼看，却又什么都没有。

入冬了，年节了，街头巷尾的邻居和他们的家人围在火炉旁谈笑风生。她穿戴整齐，站在窗前张望，等了又等，却不见自己丈夫的身影。于是她裹上厚厚的冬衣，在寒冷的雪夜中敲响村里每家每户的门扉，向人们询问她丈夫的消息。思念已经铺成一条绵长的石板道，道旁长满了青青的小草。就连门前片叶不存的桑树也懂得冬风的萧瑟，就连永不冻结的大海也能体会天气的寒冷，她不相信村民们不懂，不相信远在天边的丈夫不懂，她有多么想念。

汉代的故事，总是悲伤的。桑葚花香气极淡，可一旦爱上了，就再也忘不掉。年复一年，回味以往那些夫妻相伴的日子，是她生活里最重要的一部分。

一天又一天，生活终于又出现惊喜。

烟雪茫茫中，那位从不知多远的远方，款款而来的访客，风尘仆仆，带着她丈夫的家书。"客从远方来，遗我双鲤鱼，呼儿烹鲤鱼，中有尺素书。"望着远客从怀中小心取出，双手捧到她眼前的鲤鱼函，那是她盼了多久的家书？她却唤了自己的童仆去接。因为她胆怯了。

这段描写非常用心，妇人的期盼，才能望见"远来"的客；客人明明依朋友之言，将书信带给她，她却"呼儿烹鲤鱼"。这个"呼"字表现了她心中的忐忑，悲喜交加，开心丈夫终于有了音讯，又怕这封信中写了不好的消息。自己不敢读，又急于知道信的内容，才会"呼"儿前来。而这一"遗"一"呼"之间，隐藏的是妇人不安推拒之举。细细品来，真是情意深重。

再言长跪读信。诗中并未言明读信的人是谁。根据上文"呼儿烹鲤鱼"，这里长跪读信的应该是她的童仆。但下句"书中竟何如"，又带了满满的激动，"竟何如"三字相当于一个发自内心的感叹。从这个角度看，读信的又像是妇人本人。

上言加餐食，下言长相忆。面对自己精于诗书的妻子，丈夫的信中没有绵绵情话，没有任何带着修饰、点缀的词句。寥寥六字，表达的是这世上最朴实的情愫。一定是他猜到，妻子会因思念而寝食不安，他不说自己的羁旅之苦，只请求妻子好好吃饭，

保重身子。一定是他听到，风雪中妻子挨家挨户敲门询信的声音，于是他费尽千辛万苦托人送来这封信。相忆、相忆，我知道你思念我，只因我也在思念你。

故事，到此戛然而止。这书信是真是假？这书信中，为何不言归期？人们有无数的疑问。然而对于作者来说，留给后世无尽的想象，无尽的辗转反侧，就是这故事最好的结尾。

对于远行之人的思念，这首诗歌可以算得上是汉乐府之中的经典之作，前苦后甜，转折突然却不突兀，正是这首诗歌的妙处之所在。

同时期的另一首描写远行之人的诗歌，更是犹如在暗夜里突然绽放的昙花一般，充满浓郁的忧伤。那是一首寂寞的诗歌，静静地唱响在汉末暗无天日的环境里，妄图给绝望添一分希望。

翩翩堂前燕，冬藏夏来见。兄弟两三人，流宕在他县。故衣谁当补？新衣谁当绽？赖得贤主人，览取为吾䋶。夫婿从门来，斜柯西北眄。语卿且勿眄，水清石自见。石见何累累，远行不如归！

无名氏《艳歌行》

《艳歌行》讲述的是一家三个打工的兄弟流落异乡，思念故土的故事。主家对他们很好，有细心的女主人常为他们缝补衣服。但一日男主人突然归来，撞上了妻子为别的男人补衣的一幕，场面便尴尬起来。三兄弟感受到异乡之苦，出门在外，没有人会将他们真正当作家人看待。离开家乡太久，或许该是回去的时候了！

整首诗歌围绕着流浪汉的凄苦展开，戏剧性的情节使得故事情节紧凑，矛盾突出，这的确是一篇难得的上乘之作。结尾"远行不如归"呼应、升华主题，使整首诗如浑然天成的美玉，任哪个异乡游子读了都会潸然泪下。

　　这两首汉乐府诗歌就好像是深入精神内部的千年古树，忽然开出的艳丽花朵，芳香深远而悠长。古树虽老，但仍能领会人们的心声。两首汉乐府诗所承载的早已不仅是苍白的文字，而是一种可遇不可求的时代情怀，一段满怀希望的思念之音。

国色古都，兴衰有时

古来多贵色，殁去定何归。清魄不应散，艳花还所依。红栖金谷妓，黄值洛川妃。朱紫亦皆附，可言人世稀。

梅尧臣《洛阳牡丹》

洛阳牡丹甲天下。每逢春季，万物复苏，牡丹也会盛放枝头，引人驻足。唐以后牡丹成为观赏花卉，每到花开时节，总有人专程前往洛阳湖畔赏花踏青。国色天香的牡丹，配上倾国倾城的佳人，煞是养眼。北宋诗人梅尧臣便是看见了牡丹花开之美，才写下了《洛阳牡丹》一诗。牡丹盛开时明艳照人，凋落时黯淡无光。世人常以牡丹喻富贵，却不知富贵最难长久。

西汉后期，社会动荡，汉元帝的皇后王氏家中的侄子王莽为挽大局，于公元8年改朝换代，代汉建新。公元23年，刘氏一族起义军攻进长安，王莽被杀。两年后，刘氏皇族的旁系子孙刘秀称帝，建国"汉"，定都洛阳，史称东汉。王莽篡权，是史上最令人唾弃的事件之一。其实，正视历史，改朝换代未尝不是稳定社稷的一种办法。但王莽当政后非但未能实现他"江山大治"的诺言，反而穷尽奢靡，大肆盘剥土地、搜刮民膏，使得民间积怨日深，才导致天下大乱，江山易手。

刘秀本非嫡系皇族，早年间也曾在南阳舂陵乡下种田，后于风云之际一枝独秀，而立之年便一统天下，实在是因他命中有光。李靖称他"独能推赤心用柔治保全功臣，贤于高祖远矣"并非言过其实。光武帝精兵简政的政治举措令人对他的智慧十分佩服。

洛阳为"天下之中",出自中国古代大政治家周公之口。东汉初年,刘秀改洛阳为雒阳,并定都于此。这隅厚土承载了自夏以来十三个王朝的文化与风景,历经了烽烟洗礼,看遍了废池乔木。难怪司马光曾有"若问古今兴废事,请君只看洛阳城"的感慨。

审曲面势,溯洛背河,左伊右瀍,西阻九阿,东门于旋。盟津达其后,太谷通其前。回行道乎伊阙,邪径捷乎轩辕。大室作镇,揭以熊耳。底柱辍流,镡以大岯。温液汤泉,黑丹石錙。王鲔岫居,能鳖三趾。

张衡《东京赋》(节选)

张衡的《二京赋》描写了西汉长安的繁华昌盛与东汉洛阳的雄伟壮观。但作为东汉文人,他显然对洛阳怀有更深的情感。依山而建的古城外,数道江水并流,土地肥沃,地势和缓,适宜百姓耕种、居住。光是娇贵的牡丹能在这儿生长、繁茂就可以见得。城外翠绿的温泉湖中,生活着远古时代就栖息在此的鱼鳖。作者的视角从鸟瞰到步行浏览,整个洛阳在短短数句间被勾勒得轮廓分明。北面巍峨的远山、从天而降的大河、城郭成顷的田地,无一不在文字中变得鲜活可人。

《东京赋》是张衡的代表作,历经千年洗礼终被留存下来。如今人们将这些千年前的文字捧于掌心,那沉甸甸的感觉并非来自书页纸张,而是薪火相传中,一代比一代更加厚重的中华文

化。东京洛阳，一顾一盼，皆是倾城。

新莽地皇年间，九州大陆分崩离析，天下正逢大乱。刘秀一族先是集结军队起义抗新，拿下长安后拥立刘玄为帝。怎料刘玄懦弱无能，在位两载不问社稷，只问后宫。一番考量后，刘秀于更始三年（25年）取而代之，又于其后十数年间先后领兵平定关东、陇西、西蜀之乱，最终问鼎天下。这段历史说来容易，简简单单百余字便能概括。但其中的千钧一发、险象环生，又岂足外人道哉。就像洛阳一样，拔地而起，一矗立就是千年，人们惊艳它庄严巍峨的样子，却不知它历经了怎样的摧残。

刘秀为人，与汉武帝极为不同。他用了二十余年平定中原，当九州在握，人人上书劝他发兵匈奴时，他却道："今国无善政，灾变不息，人不自保，而复欲远事边外乎！不如息民。"从建武元年（25年）刘秀登基称帝到中元二年（57年）刘秀病逝，这三十二年便是历史上有名的"光武中兴"之年。后世对这个时代的杜撰、改写不多，乃因刘秀为人温和，不喜兵伐。身为一个统治者，他的确缺少汉武帝刘彻，或是兄长刘縯的霸气，但他能令自己脚下的土地在三十年间不受战火侵染，这是历史上少有帝王能做到的。

西汉的繁华，唯有盛唐可与之媲美。经历了末世变幻，卷土重来的皇朝与大时代造就的帝国自不可同日而语。在荆棘中求生的东汉朝廷比西汉少了

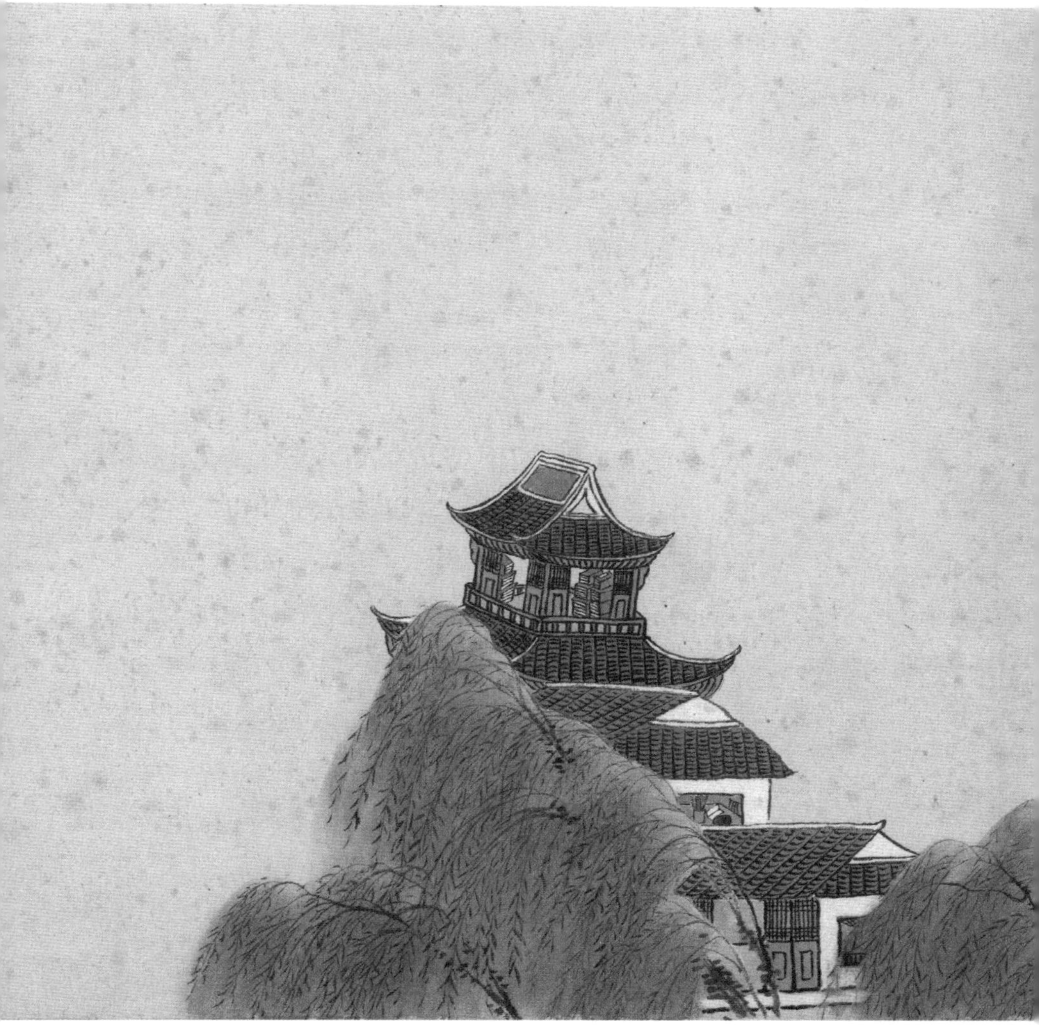

几分蒸蒸日上的时代精神，却也多了几分小心翼翼的理性思考。

又是近两百个春秋。从"光武中兴"到"外戚专权"，不过几十年的光阴，东汉已初现颓象。无论是从班固的《汉书》，还是从张衡的辞赋中，我们都再也见不到如同西汉文人般的自信。东西两汉的关系，无法评判孰优孰劣，但对于生性好奇的人类来说，神话传奇总比现实理论更引人入胜。

起始亦是终，在洛阳城内发生的一切，又都消失在洛阳城内。与两百年前的西汉一样，东汉也面临着穷途末路。汉建安二十五年（220年），权臣曹操病逝。这年十月，汉献帝刘协下诏禅位。冬月辛未，魏王曹丕称帝，改国号魏，东汉灭亡。牡丹花谢，古都上空笼罩了乌云。

张衡在《东京赋》中说"兴衰有时"，也许是他早已预见到东汉的灭亡吧，也许是他早已看透朝代的变迁吧。牡丹花开的景色绝美，却终将随时间凋零。悲观的人总爱问：既要走向灭亡，为何又要开始？是命运弄人？还是人们太不懂得珍惜命运的馈赠？而对诗人来说，最悲哀的莫过于看透，看到花开便能看到花谢，看到盛世便能看到衰亡。看透了，人生就再无指望。

洛阳矗立百载，见证了东汉的兴盛与灭亡。它承载着刘秀一统天下的梦想，承载着冯异奋斗半生的勇气，还有《迢迢牵牛星》的轻盈，《吴越春秋》的浪漫。它是董卓逐鹿天下的起点，是曹操运筹帷幄的大帐。这座古都的魅力，在于它留给后世无限憧憬，更在于它能让这种憧憬永无止境。

王朝暮日，悲歌几重

　　从秦朝到两汉，每位皇帝都期盼国家长治久安，但百姓真正安居乐业的时间，至多只有几十年。汉高祖刘邦登基后，诸侯反叛之事时有发生，有心惠民的他却无力为之。汉文帝时期，淮南王刘长造反，使刘恒"轻赋安民"的计划不得不延缓。汉景帝刘启在位的十六年，只怕是大汉朝最安生的日子了，"七王之乱"在三个月内烟消云散，百姓们还没来得及反应，烽烟便灭了。可到了汉武帝当政那五十四年，朝廷好不容易攒下的钱财、粮食都让他挥霍一空，西汉国运日衰。直至刘秀争得皇位，迁都洛阳建立东汉，出现了三十余年的"光武中兴"。可很快，中原大地便再次陷入阴霾，黎民又过上了水深火热的生活。

　　东汉中后期，外戚、宦官干政，朝政日益腐败，豪强势力大肆兼并土地。百姓从终日惶恐到麻木不仁，在他们眼中，人生乃是苦难的轮回。心思纤细如尘的文人则是从草木皆兵、不敢言赋到直视悲伤、勇敢下笔。生活在西汉成帝朝的扬雄被后世尊为汉赋"四大家"之一，"扬雄四赋"更是古今闻名。诚然，这名文人写过许多极力赞扬汉朝盛世的"大赋"，但他并没有大富大贵，反而穷困潦倒。同时，他也擅长将自己的感受用笔墨表达出来。在那段最困难的日子里，柔毫就是他最忠实的朋友。

扬子遁居，离俗独处。左邻崇山，右接旷野，邻垣乞儿，终贫且窭。礼薄义弊，相与群聚，惆怅失志，呼贫与语："汝在六极，投弃荒遐。……尔复我随，陟彼高冈。舍尔入海，泛彼柏舟；尔复我随，载沉载浮。我行尔动，我静尔休。岂无他人，从我何求？今汝去矣，勿复久留！"

扬雄《逐贫赋》（节选）

他有着与司马相如相当的才华，却一生不受重用。不甘被轻视的扬雄选择归隐。他离群索居，隐在深山、旷野之中，境遇虽然贫苦，但只有这种贫苦能慰藉他的文人心灵。人生的路只有两条，或随波逐流，或逆流而上。选择前者？那便是大江东去淘尽英雄。选择后者？只怕他还没迈出那一步，便被天下文人讥嘲而死。为今之计，只有隐居吧。早日远离是非，找一处能采菊、能望云的地方，长久地生活下去。

《逐贫赋》诉说着一个时代文人的心声。盛世文人难做，乱世文人更难当。岁月不饶人，当他们在为自己的仕途上下奔走时，忽然就老了。人生好像精彩绝伦的话剧，直到酒红色的幕布缓缓降落，遮去了座下的观众，戏子才发觉自己在台上的嬉笑怒骂，不过玩笑一场。

> 余乃避席，辞谢不直："请不贰过，闻义则服。长与汝居，终无厌极。"贫遂不去，与我游息。
>
> ——扬雄《逐贫赋》（节选）

全文的最后一句告诉后人，扬雄是因为不堪节操受辱才愤而离去。但当怒火平息，静静地思考人生时，他发现归隐才是他的解脱。以贫困为代价，换来的是不必再卑躬屈膝、草木皆兵；用荣华做交换，为自己的心找个温暖自由的地方。文人之苦在心，作为时代的先声，他们精神上所承受的压力要比其他人高出数倍。饥寒冻饿的身体之苦，哪里比得上忧国忧民的精神之苦？

幸福的时光就像说出口的情话，会随着时间的流逝慢慢散去。最后留下的，便是望不到边的岑寂。谁也无权归罪于统治者，因为他比任何人更希望皇朝绵延，子孙万年。是封建社会无法改变的弊病，女子无权、贫民无权、下人无权，朝堂上的君王大臣不关心民间疾苦，家中丈夫不在意妻子的心思。这样的生活陷入无尽循环，直到一阵大风毁天灭地，才能令所有悲剧从头来过。

悲歌可以当泣，远望可以当归。思念故乡，郁郁累累。欲归家无人，欲渡河无船。心思不能言，肠中车轮转。

无名氏《悲歌》

远方的游子思念家乡却不能归还，诗句浅白，情怀动人。那是个只敢抬头望月的男子，他怕低头之时，泪水会跟着滑落。月色洁白如霜，寒霜只在秋日早晨绽放，而正是秋天赐给了诗人悲伤的天赋。男儿有泪不轻弹。这游子不能哭，所以只好另为悲伤找一处宣泄之口。既然不能哭，就让这首《悲歌》替他流泪吧。

几千年来，人们早已厌倦了去探问游子不能归乡的原因。无非是战乱，无非是不得已。人们愿意静下心体会诗里最真挚的感情，体会被诗人无法言表的忧伤。

总有一些事是人们不得不面对的，总有一些事是无能为力的，比如战争，比如死亡。在古时那些动荡不安的岁月里，越来越多的人心变得冷血无情。一旦人类之间的矛盾只能靠武力来化解，他们便会服从于弱肉强食、适者生存的本性。王朝暮日，悲歌几重。一人歌舞万人听，万人之心只一重。

乱世浩劫，山河破碎

从刘邦、吕后共主天下，到"文景之治"与民修养；从汉武帝托孤大臣霍光到王莽弄权西汉覆灭，一幕幕历史瞬间走马灯似的翻过。站在东汉的断垣焦土上遥望长安，想象汉献帝刘协是怎样一种心境，逐渐老去的曹操又是怎样一种不舍。四百多年，中国历史上存在时间最长的皇朝之一；六百余万平方公里，广袤无垠的领土，是怎样一寸寸地走向腐朽败亡？

东汉章和二年（88年），年仅十岁的汉和帝继位，窦太后临朝听政，东汉"外戚专权"之路由此开始。从汉和帝刘肇二十七岁去世，到汉灵帝刘宏三十四岁驾崩，九代帝王，全部是未成年继位，三位不到十岁即夭折，只有三位活过了而立之年。一个个还未成年，甚至尚未咿呀学语的孩童被赋予振兴汉室的重担，何其滑稽。他们看不懂脚下之土的厚重，他们读不懂世间人性的复杂。他们就连翻开《史记》的力气都没有，只会被大臣们山呼万岁的声音吓得哇哇大哭。对于这样的朝廷，让外戚不来干政，亦是件十分艰难的事。

可外戚当权，必然导致朝廷党派纷争。所谓外戚，无非是太后娘家、皇后娘家的族群。自古以来外戚弄权从来就没有好下场，刘秀的首位皇后郭圣通靠着家族的兵权上位，也因家族的势力过大，最后堕入深渊。一代代的皇后、太后毕生致力于扶植本家势力，甚至渴望取刘姓而代之。因此赵壹的《刺世疾邪赋》中，有了"女谒掩其视听兮，近习秉其威权"的感叹。

朝廷中的利益几易其手，民间也随之动荡起来。班彪的《北征赋》、班昭的《东征赋》都记述了这段历史，描写了国势由强转弱的变迁，预见了东汉走向衰亡的画面。到了汉末，蔡邕更以《述行赋》直言朝廷宦官专权、君王被挟的现实，以强烈的情感、明晰的线索记述着汉恒帝时期危机四伏的局面。

　　有兴便有亡，有盛便有衰。无论古今中外，历史从来如此。盛世出明君，乱世生豪杰。诸葛亮闻名天下的《隆中对》说："自董卓以来，豪杰并起，跨州连郡者不可胜数。"这话意味着东汉末年战乱的开始。从"隆中对"到三国并立开始形成，汉朝共经历了十三载战火洗礼，没有一天的安宁。魏王曹操挟天子主中原；吴侯孙权据江东六郡，国险而民附；蜀国刘备有战将如云，著信义于四海。

建安十三年（208年），赤壁之战曹操大败，三国雏形已现。建安二十五年（220年）魏国建立，三国时代正式开始。三角形本该是最稳定的形状，可三国之势没能为天下带来和平安定。夷陵之战、孔明北伐、司马氏掌权曹魏后举兵灭蜀。连绵不绝的战争像川流不息的江水，转眼间，又是六十年的乱世。

洛阳城外哀鸿遍野、瘟疫泛滥、死伤无数。这个曾经人烟密集、商旅如云的大都市，在短短数十载间沦为人间炼狱。因战乱而死的人，与因冻饿而死的人被堆叠在一处焚烧，腐烂的腥臭、幽暗的火光，与来自地狱的哀鸣一起祭奠这场浩劫。光武时期国家攒下的钱财早已被挥霍一空，东汉初年洛阳城内人山人海的景象也早已成为泡影。恐惧的阴霾笼罩在都城每个角落，人们不敢出门，害怕被抓上战场；人们更不敢下地干活，怕被瘟疫夺了性命。恐惧生活，恐惧空气中弥漫的危机感。当一个人连活过而立都算长寿的时候，自由、梦想便都成奢望。而一个没有梦想的时代，该有多么悲哀。

不是战死，就是饿死，这是英雄必定要经历的一环。从温顺到任人宰割的绵羊，到愤世嫉俗、义愤填膺的战士也只是一念之间。对于百姓来说，若隐忍不能换来和平，那就只有将手里的锄头换成刀枪。

> 出东门，不顾归；来入门，怅欲悲。盎中无斗米储，还视架上无悬衣。拔剑东门去，舍中儿母牵衣啼："他家但愿富贵，贱妾与君共餔糜，上用仓浪天故，下当用此黄口儿。今非！""咄！行！吾去为迟！白发时下难久居！"
>
> 无名氏《东门行》

男子抛弃家庭，走上出征之路，在古代被视为英雄气节。

开篇直言男人从迈步出东门，原本下了决心不望来时之路。进门见过妻子后又不顾阻拦，拔剑出门。走得这样决绝，为了什么？下文开始交代。原来是家中无粮可食，无衣可穿，眼看着妻与子即将冻饿而死，他身为一家之主却没有办法。

最后，他只有选择铤而走险，落草为寇。不顾妻子拽着他的衣袖哭喊恳求，不顾九死一生的前途。生活的绝望将他击倒，只有割舍亲情，拼死一搏，才有"以后"可言。这是官逼民反的血泪史，也是一幕活生生的人间惨剧。男子明知这是条不归路，他的内心也曾充满矛盾和挣扎，但那句"咄！行！"出口得无比坚决。可想而知，那是他无奈到何种境地才做出的决定。

"吾去为迟！白发时下难久居！"离开是下下之策，离开是因为已经别无选择。末世之年，大多数家庭都面临着这样的窘境。曹植曾有《说疫气》，叹："家家有僵尸之痛，室室有号泣之哀，或阖门而殪，或覆族而丧。"百姓的哀声让他痛心疾首。他再不是任侠使气的贵族公子了，就像染了墨的宣纸，不改洁白本性，却也懂了黑暗的寒冷。

封建社会最可悲的，就是权力阶层永远高悬着"正大光明"的牌匾，却从未试图了解百姓的疾苦。百姓退让一寸，朝廷便逼近一尺。百姓在不断的忍让和退却中选择反抗，皇朝在不断的逼迫和施压中走向衰亡。这世上最神奇的事情，是预知未来；这世上最可怕的事情，同样是预知未来。由今日的贫病交加，预见明日的一抔黄土，这是多么令人胆战心惊。

贫穷是一柄烧红的烙铁，深深地烙在汉末所有百姓的肩上，让他们失去理性。哪怕一丝生路，也要饿狼抢食似的猛扑过去。

他们拒绝思考，拒绝判断，因为每次思考与判断的结果从来都一样，多想一次，便多一分恐惧。

贫穷的背影，是一个皇朝穷途末路时的写意风景。那道被大风吹得佝偻的背影，像在倾诉、像在哀号、像在凝视，静静地站立，远远地观望，看着历史，看着这个朝代走向尽头。

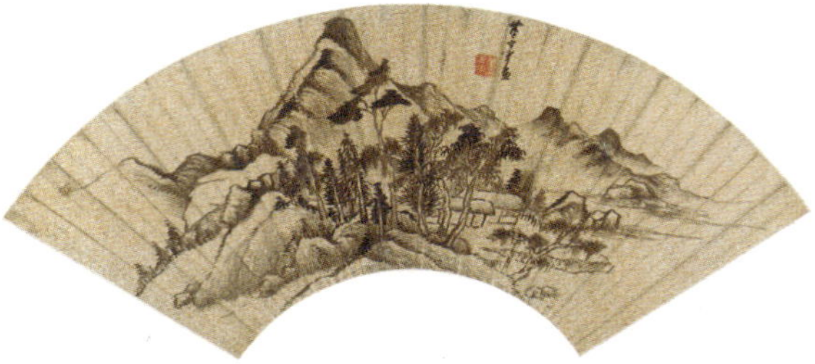